めぐり逢いサンドイッチ

谷 瑞恵

角川文庫
23000

Contents

タマゴサンドが
大きらい

好きなサンドイッチの具材は？　と問えば、タマゴは上位に入るだろう。もしかしたら一、二位を争うかもしれない。たぶん誰もが認めるだろうサンドイッチの基本、どんな食材と合わせてもおいしいし、何より鮮やかな黄色が目を引き、つい手が伸びてしまう。

なのに、タマゴサンドが捨てられていたと聞き、わたしはショックだった。わたしの姉、清水笹子《しみずささこ》のタマゴサンドが、店のすぐ前にある靫《うつぼ》公園のゴミ箱に捨てられていたというのだから聞き捨てならない。

「信じられない。笹ちゃんのタマゴサンド、すっごくおいしいのに」

教えてくれたのは、公園の掃除を老人会のボランティアで行っている阿部《あべ》さんだ。

「そうなんや。私もちょっと驚いてな」

阿部さんは、掃除が終わると、ときどきわたしたちの店へ寄ってサンドイッチを買ってくれる。常連さんのひとりだった。

「てことは、僕のつくったパンも捨てられたわけですか？　それは……、悲しいなあ」

ちょうど店にいて話を聞いていた、パン職人の川端《かわばた》さんも胸を痛めている。ここから徒歩数分の場所で店を開いている彼のパンは、売り切れることも多いくらい人気なのに、もったいないことこの上ない。

「ああ、一斤王子、きみもそう思うやろ？」

川端さんのあだ名は〃一斤王子〃だ。そして本人も周囲も違和感を持っていないから、誰もそこに突っ込まずに話は続く。

「一口も食べずに捨てられてたなら、口に合わないかどうかさえわからないですよね」

ため息をつく笹ちゃんは、すっかり困惑しきっていた。阿部さんの話では、パラフィン紙に包んだままだったという。

異物混入？　しかし、店に文句を言うでもなく捨てたのだから違うように思う。タマゴが苦手？　だとしたら、そもそもタマゴサンドを買わないはずだ。ショーケースには、きちんとタマゴサンドと書いてあるし、厚みのあるタマゴ色の断面を見れば間違いようがない。

「急にダイエットでも思いついたんやろか。ゴミ箱に捨てんのが見えて、食べ物を捨てるなんてとちょっとびっくりしてな。声かけたら逃げるように行ってしもたんや」

「どんな人だったんですか？」

あ」

「若い女の人やったな。ＯＬふうの」

「いやなことでもあったんでしょうかね」

「食べたら幸せな気分になれたかもしれないのに」

川端さんは整った眉《まゆ》を片方だけ上げた。

白い木のドアが開いて、お客さんが入ってくる。笹ちゃんはショーケースのそばへ戻り、注文を聞く。イートインスペースでサンドイッチを食べ終えた阿部さんは、いつものように満足げに目を細め、ごちそうさん、と丁寧に言って立ち上がった。

「じゃあ僕もこれで」

焼きたてのパンを届けてくれた川端さんも帰っていく。ドア際ですれ違った女性のお客さんが、思わずといった様子で振り返って彼を見る。いつもの風景だ。

わたしはテーブルの上を手早く片づけ、レジのそばに立つ。店の正面は公園に面していて、窓の外では新緑が朝日にきらきらとしている。ビジネス街のすぐそばなのに、ピクニックに来たような気分にひたれる。

開店して三年を迎えたこの店、『ピクニック・バスケット』は、サンドイッチの専門店だ。周囲に飲食店が多い中、笹ちゃんは朝から店を開くことにした。さすがに朝からやっている店は少ないし、出勤前、あるいは徹夜明けにおいしいものを食べてもらいたいと思ったのだそうだ。

とはいえ今どき、朝からコンビニで何でも買えるのだ。繁盛しているとはいえないが、笹ちゃんのサンドイッチは食べてみればきっとまた食べたくなる。お客さんは、少しずつだけれど増えているように思う。

「蕗《ふき》ちゃん、今朝はお客さん、少ないね」

わたし、清水蕗子《ふきこ》は、大阪の西区にある笹ちゃんの店を手伝いはじめて半年になる。じつを言うと、笹ちゃんには商売っ気がない。サンドイッチは絶品だが、収支とか、経営戦略とか、色々ダメなところがあって、わたしが手伝うことになったのだ。

「笹ちゃん、表通りに看板出した？」

「あ、忘れてた」

昔から、のんびりおっとりしている姉は、すべてにおいてこんな調子だ。

折り畳みの看板が、バックヤードに置きっぱなしになっている。わたしは急いで看板とメニューボードを手に、店のドアを開ける。ビルの隙間といった細い路地を抜け、通りに面した場所に看板を置く。店の入り口が建物の裏側、つまりは公園側にあるので、そうしないと、道行く人には店の存在すら気づいてもらえない。店としての立地は少々問題だが、公園に接して建つビルの一階は、公園側から見れば緑の奥にレンガ色の壁と白いドア、軒の赤い屋根という、なかなかかわいらしい店構えが目につくだろう。笹ちゃんは、何より公園に面しているところが気に入ったのだという。

通りのほうは雑居ビルが建ち並ぶごみごみした雰囲気だが、このところ個性的な店が増えている。レストランやカフェだけでなく、雑貨や服、靴やアクセサリー、手作りの店もあればセレクトショップもあり、どこもこだわった店作りをしている、そんなエリアだ。

笹ちゃんの、ちょっとゆるいサンドイッチ店は、街よりも公園の一部みたいなのんびり具合だが、それはそれで、この場所に合っているのかもしれない。

店へ戻ろうとすると、足元で猫が鳴いた。看板に体をこすりつけ、ついでのようにわたしの足にもまとわりつく。

「おかえり、コゲちゃん」

たぶん、焼きすぎたトーストみたいな毛の色だから、コゲ。わたしは笹ちゃんの飼い猫に声をかけ、路地を戻る。コゲはわたしの前を歩き、『ピクニック・バスケット』の窓の上にある猫ドアから中へと入っていった。

朝の散歩は終わり、とばかりに、これから店の片隅に置かれた椅子の上で寝るのだろう。

「ねえ、蕗ちゃん、タマゴサンドを買った女の人、若いOLにおぼえはある?」

笹ちゃんは、さっきの話が頭から離れないようだ。ボウルにタマゴを割り入れながら、つぶやくように言う。

「うん、もしかしたらあの人かなってのはある」

朝の客が一段落すると、ランチタイムに向けてサンドイッチをつくっておかなければならない。オレンジ色がかった美しい黄身、このタマゴがおいしくないわけがない。わたしだって気になっている。どの人だったのかと、ずっと考え続けていた。

「どんな人？」

タマゴサンドとコーヒーをテイクアウトした女の人がいた。コーヒーを淹《い》れるのはわたしの仕事だから、顔を見て、目を合わせて接客しているつもりだ。

「わたしと同じくらいの歳かな。スカーフを首に巻いて、髪をきっちりアップにしてた」

「はじめてきた人？」

「そんな気がする」

「タマゴサンドが気に入らなかったなら、もう来ないかな」

笹ちゃんのサンドイッチを食べないまま、もう店に来ないなんてもったいない。その女性がサンドイッチ好きで、この店へ入ってみようと思ったならなおさらだ。

「そんなことないよ。ほかにもおいしいサンドイッチはいっぱいあるし、もし来なかったら……。うん、このへんの人ならわたし、見つけてぜったい店に来てもらう」

わたしは半ば本気だった。

「じゃあ、そのときはいちばんの自信作をおすすめする。来てほしいなあ」

笹ちゃんが、ほっとしてよろこんでくれるなら、その女性を見つけたい。店の営業を担うわたしの役目だ。

笹ちゃんは、できあがったサンドイッチをまたケースに並べていく。小さな店、小さなショーケースでも、色とりどりのサンドイッチがたくさん並ぶと、それだけで立派なお店に見えてうれしくなる。

「ねえ、今日は小野寺《おのでら》さん来ると思う？」

笹ちゃんは掛け時計をちらりと見上げる。小野寺さんは常連客のひとりだ。三十過ぎくらいで、会社員が出勤の時間を過ぎたころにやってくる。サスペンダーにくたびれたジャケットの、ちょっとお調子者っぽい人だ。

気さくな人だと笹ちゃんは言うが、やたら饒舌《じょうぜつ》でうさんくさい、とわたしは思っている。斜めがけにした『きかんしゃトーマス』のカバンなんて、三十を過ぎた男の持ち物としてどうだろうか。

「え？　ああ、そういえばここ数日来てないね」

そのことを、笹ちゃんが気にしていたとは知らなかった。わたしなんて、小野寺さんが来ていないことに今気づいたくらいだ。

「笹ちゃん、そんなに気になるの？」

「開店して以来の常連さんだもん」

「ふうん。一斤王子のほうが、顔を見たいって気持ちになるけどなあ」

「川端さん、かっこいいもんね」

王子っぽい雰囲気に加え、働き者だなんて、もてないわけがないという人だ。それでいてストイックで浮ついていない。笹ちゃんにはお似合いなんじゃないかと、わたしはひそかに思っている。今のところ、川端さんに彼女がいないことは確認済みだ。

「小野寺さんって、川端さんより年上だよね？」

「たぶん。なんとなく、川端さんは小野寺さんのこと先輩って感じで接してるもん」

「昔からの知り合いなの？」

「さあ、どうなのかな。あんまり気が合いそうには見えないけど」

わたしもそう思う。きっと、仲がいいというわけではないのだ。

お調子者の小野寺さんは、あきらかに笹ちゃん贔屓《びいき》なのを隠そうとしない。川端さんと小野寺さんが友達だと、川端さんは遠慮してしまいそうだ。などと勝手に想像し、友達じゃないならいいと勝手に安心する。

わたしは妹なのに、ときどき姉みたいな気分で、笹ちゃんを見守りたくなるのだ。そういう、ほっとけないようなところが笹ちゃんにはあるのだと思う。

「ねえ笹ちゃん、小野寺さんの仕事場って、近くっていってもどのへん？」

興味はないが、単純な疑問だった。

「さあ、詳しくは知らないな。雑居ビルの上のほうで、一階がイタリアンだったかフレンチだったかの店だとか聞いたような……」

笹ちゃんは首を傾げながらキッチンへ入っていく。頭のてっぺんで結ったおだんごの、後れ毛がふわふわとゆれる。白いシャツ、生成りのエプロン。笹ちゃんを見ていると、わたしはいつも焼きたての食パンを連想する。ほかほかでもっちりした白い食パン。野菜やハム、何でもやさしく包む食パンだ。

だから、おいしそうな笹ちゃんをねらうカラスは追い払わねばならない。

「わたし、なんか苦手。小野寺さんってやたらなれなれしいし、いつもカウンターに座ってるけど、ノートパソコンで仕事でもしてるのかと思ってたら、ゲームだよ。アニメ見てることもあったし。このあいだは、公園で何かをじっと見てたんだけど、遠足に来てた小学生。ちょっとやばくない？」

しかし、笹ちゃんはおっとりした笑顔でわたしの棘《とげ》をくるんでしまう。

「悪い人じゃないわよ。だってコゲちゃんがなついてるもん」

古いアームチェアの上で、コゲはまるくなっている。あまり愛想のよくない猫だが、たしかに小野寺さんのことは好きみたいだ。

コゲが耳をぴくりと動かす。と同時に店のドアが開く。ぱっと顔を上げたコゲの視線の先で、小野寺さんが店へと入ってくる。

「やあ、蕗ちゃん、タマゴサンドとコロッケサンドな。あ、コーヒーも」

「はーい、いらっしゃいませ」

わたしは営業用の笑顔をつくりながら、ショーケースの内側へ入る。

「コロッケ、すぐ揚がりますからね」

キッチンから笹ちゃんが顔だけ覗《のぞ》かせた。

「さすが笹ちゃん、タイミングいいな」

小野寺さんはいつものように、カウンター席の端に陣取る。店内には少しばかりのイートインスペースがあり、三人ほどが並んで座れるカウンターと、シンプルな木のテーブルと椅子が置いてある。窓の外には、狭いけれどテラス席もある。今ごろの、新緑のまぶしい時季なら、外で食べたほうがきっと気持ちがいいだろうと思うのに、小野寺さんは店内に居座る。

コゲが椅子からすとんと下りて、小野寺さんにすり寄った。ほとんどのお客さんにはそっけない猫なのに、どうしてだろう。もしかしたら、こっそりマタタビを隠し持っているのではないか。わたしは疑惑の目でコゲを撫《な》でる小野寺さんを観察したが、視線を感じたのか彼が振り向きそうになったのであわてて目をそらした。

紙コップにスリーブを巻いて、淹れたコーヒーを運んでいく。熱々のコロッケサンドができあがる前に、小野寺さんはタマゴサンドに手をのばした。

「これこれ、しばらく食べれんかったから飢えてたんや」

「どこか行ってたんですか?」

「東京。でも、あっちはこういう、卵焼きのサンドイッチ、見かけへんし」

「そうですよね。タマゴサンドといえば、ゆで卵をマヨネーズであえたものがほとんどですもんね」

笹ちゃんが、できあがったコロッケサンドを持ってきてそう言った。

「でももう、あのタマゴサンドは関西でも主流じゃない? コンビニもパン屋さんのサンドイッチもほとんどあれだし、卵焼きのタマゴサンドは、昔ながらの喫茶店でしか見ないもん」

「笹ちゃんも蕗ちゃんも、前は東京に住んでたんやろ? けどここのタマゴサンドは、卵焼きなんや?」

「母が大阪の出身だったので、子供のころから卵焼きのサンドイッチに馴染《なじ》んでるんです」

笹ちゃんのタマゴサンドは、素朴なお母さんの味だ。けっして出汁巻《だしま》きではない、塩味の卵焼きが、バターとケチャップを塗ったパンにはさんである。厚く焼いたタマゴの味が、しっかり口の中に広がるサンドイッチだ。

「なるほどな。オムレツサンド、とか名前をつけて、ゆで卵のと両方置いてる店もあるけど、ここは卵焼きのほうだけって潔いよ」

「単にわたしが好きなだけですけど」

笹ちゃんはふんわりと微笑む。片頬にえくぼができる。そのえくぼを見るとわたしも頬がゆるむ。小野寺さんもしまりのない顔になる。

「あ、ねえ笹ちゃん、もしかしたら今朝のタマゴサンドを捨てた人、関東から来た人なんじゃない？　思ってたタマゴサンドじゃないことに気づいて、食べずに捨てた、とか」

「そっか。……そうかもしれないね」

「捨てたって？　笹ちゃんのタマゴサンドを？」

眉をひそめる小野寺さんに、わたしはかいつまんで説明した。

「ふうん、何も捨てんかてええのにな。タマゴがきらいなわけちゃうなら、食べてみればよかったんや」

「そうですよね。おいしいのに。ゆで卵じゃなくたって、食べてみれば笹ちゃんのサンドイッチだもん、気に入ってもらえたはずなのに」

「不思議だけど、ゆで卵は好きで、卵焼きはきらいって人もいるんでしょうか」

わたしなんて、卵焼きも目玉焼きも、茶碗蒸《ちゃわんむ》しでもエッグベネディクトでも、ついでにイクラもタラコも大好きだ。

「生卵は苦手って人もおるんやから、タマゴなら何でも好きってわけでもないかもな」

タマゴかけごはん、おいしいのに。

「タマゴサンド、ゆで卵のだと思い込んで買ったんなら、少なくとも地元の人ちゃうやろし、こっちへ来て間がない。転勤してきたOLってところやな」

小野寺さんの推理？　に、笹ちゃんは感心したように頷《うなず》いている。誰でもわかりそうなことしか言っていないのに、とわたしは思う。

「また来るやろ。会社へ行く途中で朝食を買おと思たんやったら、この近くを通るはずや」

「じゃあ、ゆで卵のサンドイッチもつくってみようかな」

「でも笹ちゃん、来るかどうかわからない人のために？」

「話をしてたら、なんだか食べたくなってきたの」

卵焼きはお母さんの味。家庭料理の定番だからこそ、誰かにとってもお母さんを思い出す味になるかもしれない。そんなことを考えながら、笹ちゃんはサンドイッチをつくっている。

店へ来た人がサンドイッチを食べたとき、いつかどこかで食べたような、ほっとするような気持ちになってほしいという。

笹ちゃんがつくるのは、いつでも誰かのためのサンドイッチだ。

せっかくサンドイッチを買ってくれたのに、がっかりした人がいるなんて、笹ちゃんにとってとても悲しいことだから、こんどこそ彼女が笑顔になれるようなサンドイッチをつくりたいと思うのだろう。

ますますわたしは、その女性、スカーフのOLに、笹ちゃんのサンドイッチを食べてもらいたくなっていた。が、どうすればいいのだろう。もういちど来てくれるのを待つしかない。

そっとため息をついたとき、お客さんが入ってきて、わたしたちは雑談をやめて持ち場に戻った。小野寺さんは、ノートパソコンを取りだして何やら操作をはじめる。ゲームかアニメに違いない。ランチタイムで混み出す時間まで、彼はいつもそうしている。コゲは小野寺さんの足元でうたた寝している。わたしは、ぱらぱらと訪れるお客さんに対応し、笹ちゃんはサンドイッチをつくる。店内にはふだんと同じ時間が流れはじめた。

＊

一日をはじめる食事、朝ご飯は重要だ。自宅のマンションを出て、地下鉄に乗り、会社の最寄り駅で降りる。そこから徒歩五分、通り道に朝食を食べられるところがあるというのが雅美《まさみ》の理想だ。

東京にいたころは、会社の近くに朝早くから開いているベーカリーがあり、店内で食べることができた。転勤で大阪に引っ越してきたが、この街はどうだろう。

大きな公園が通勤途中にあるのは気に入った。広い通りに囲まれた区画の内側は、ごみごみと建物が密集しているが、小さなビルにしゃれたウィンドウや看板が目立つ。こぢんまりとしたレストランやバーも多く、おもしろそうな街だと思う。

その一角に、おいしいサンドイッチの店があると教えてくれたのは同僚だ。同僚は、取引先の担当者に勧められたと言っていた。同僚が口にした担当者の名前は、石原塔子《いしはらとうこ》。

おぼえがあった。営業職の雅美は、クライアント企業に勤める彼女とは、転勤早々に対面することになったが、やはり彼女だった。

中学のときの同級生だ。仲良くしていたが、ちょっとしたきっかけで疎遠になった。そのまま彼女は転校していったが、こんなところで会うとは思わなかったから驚いた。しかし、気まずくなった顚末《てんまつ》を思い出したくなかったのはお互いさまだろう。雅美も、塔子のほうも、初対面のようにあいさつし、仕事の話だけしかしなかった。

もう大人なのだから、仕事でうまくやれればいいし、たわいもない出来事を雅美は根に持っているわけではない。彼女もそうだと思う。

なのになぜ、彼女がよく行っているというサンドイッチ店をさがす気になったのだろう。そこで会えるかもしれない、なんて考えたわけではない。ただ、同僚もいたく気に入っていたサンドイッチが食べてみたくなっただけ。ちょうど朝食の店をさがしていたところだ。などと言い訳して、雅美は公園へと入ってみた。

入り口が公園に接していて、通りからはわかりにくいと聞いたからだ。

公園に面した一画に、小さなビルが並んでいるのはすぐにわかった。公園の中を歩いていくと、新緑に囲まれて、レストランのテラス席やおしゃれな看板がちらりと見える。赤い屋根に白いドア、そこに〝サンドイッチ〟の文字が見えると、ほんの少しだけ立ち止まったまま悩んだが、すぐに引き寄せられるように、雅美はドアへと向かっていた。

店の名前は『ピクニック・バスケット』。open と書かれたボードが、ドアの横に掛けられている。ブルーベリーの植木鉢の前に猫がいて、じっとこちらを見ている。近づいていくと路地へ入っていってしまったが、猫がどいたドアの前に立てば、格子の入ったガラスから奥に見えるショーケースに、おいしそうなサンドイッチが並んでいた。

それにしても、どうしてあのとき、タマゴサンドを選んでしまったのだろう。ふつうのタマゴサンドだと思ったのに、まさか卵焼きが入っているなんて。

それが関西では定番のタマゴサンドだと同僚から聞いたのは、雅美が、信じられないなどと愚痴っぽく語ったときだった。地元出身の同僚からは、少しあきれられたかもしれない。

食べ物の先入観はやっかいだ。あまりこだわりが過ぎると、人間関係に響くことになる。

それでも、あれから一週間経って、雅美はまたあのサンドイッチ店が視界に入り、足をとめていた。

一週間、結局好みの朝食にありつけなかった。朝から開いている店はあるが、コンビニやチェーン店は好みではないし、遠回りだったり、食べたいものがなかったり、ピンとくる店が見つからなかったのだ。

サンドイッチの専門店は、パンが好きな雅美にとってかなり惹《ひ》かれる店だ。店内の雰囲気もいい。種類も色々とあったし、失敗したのはタマゴサンドを選んだからだ。別のサンドイッチを試してみればいい。

思い切って雅美は、再び『ピクニック・バスケット』のドアを開いた。

「いらっしゃいませ」

えくぼのある女性が笑顔で迎えてくれる。この人の手作りならおいしそう、と思えるような、やさしくてあまい雰囲気をまとっている。ほっそりした体に木綿のシャツワンピースが似合う人だ。もうひとりは、てきぱきとした動きで注文を聞き、精算をし、コーヒーを淹れる。ポニーテールも、ジーンズにスニーカーなのも活発な印象だが、今日の水色ストライプのエプロンはおそろいで、息も合ったふたりは姉妹だろうか。

雅美はツナれんこんのサンドイッチを買い、気持ちよく店を出た。どのサンドイッチもおいしそうだった。タマゴサンドさえ買わなければ、この店での朝食は一日のはじまりに気持ちを盛り上げてくれそうだ。

気候のいい時季なので、公園で食べることにした雅美は、ベンチに腰をおろす。ペットボトルの水でのどをうるおし、さっそくかぶりついたサンドイッチは、胡椒《こしょう》とゴマ油をきかせて焼いた香ばしいれんこんが、不思議とツナによく合っている。間違いなくおいしくて、雅美を笑顔にしてくれた。

「うまいよな、そこのサンドイッチ」

突然話しかけられ、驚いて顔を上げる。猫を抱いた男の人が雅美を見おろしている。

「それ何サンド?」

「……ツナれんこんですけど」

「新作か。あ、僕、常連なんや。あそこのいちばんのおすすめ知ってる?」

「いえ……」

男の服装は、虹色《にじいろ》のサスペンダーにキャラクターもののネクタイで、ふつうの会社員には見えない。知らない男に、突然知り合いみたいに話しかけられて警戒する。ナンパ？　朝っぱらからそれはないだろうけれど、猫をもらってくれとか押しつけられたらどうしようなどと雅美は逃げ腰になっていた。

「タマゴサンドや」

「わたし、あれはきらいなんです」

ベンチに置いたトートバッグを引き寄せつつ言う。

「え、そうなん？　タマゴ苦手？」

彼は無頓着《むとんちゃく》に会話を続ける。早く行ってくれないかな、と思いながら、雅美はぶっきらぼうに答えた。

「卵焼きがきらい。いやなこと思い出すから」

「いやなことって？」

「話すようなことじゃありませんから」

「あ、ごめんごめん、初対面なのに変なやつ、やな。もうじゃませえへんよ」

あっさり引き下がり、彼は歩き出した。かと思うとふと思い出したように振り返り、また言う。

「そうや、ゆで卵のサンドイッチならきらいとちゃう?」

「え? ええまあ」

「じゃあそっちを買ってみてや。卵焼きがきらいな人のために、ピクニック・バスケットの店主がゆで卵のサンドイッチもつくってみたらしいからさ」

その姿が植え込みの向こうに見えなくなって、雅美はほっとした。

でも、タマゴサンドなんて言うから、いやなことを思い出してしまった。せっかくツナれんこんで幸せな気分になっていたのに台無しだ。

雅美の前を、猫がのっそりと通っていく。さっきの男が抱いていた猫ではないだろうか。茶色に黒い毛がまじる猫は、この前サンドイッチ店の前にいた猫にもよく似ている。

ぼんやり猫を見ていたら、焦げた卵焼きを思い出した。ずっと前、あの子がゴミ箱に捨てていた卵焼きは、あんなふうな色だった。

＊

「あの人、スカーフさん、タマゴサンド買わなかったね」

笹ちゃんはがっかりした様子で、ケースに並ぶゆで卵のサンドイッチに話しかけるようにしてつぶやいた。

　少し前に、ＯＬふうの女性が店へやってきて、見覚えのあったわたしは彼女を注視していた。パンツスーツを着て、前に来たときと同じようにスカーフをおしゃれに巻いていた。髪をきちんとまとめ、黒いトートバッグを肩に掛けて、ショーケースの中を吟味していた彼女は、ツナれんこんのサンドイッチを買っていったのだ。

　テイクアウトのコーヒーを淹れながら、わたしはちょっと話しかけてみた。

「お仕事、お近くですか？」

「ええ、少し前に、近くにある本社に異動してきたところなんです」

　にっこり笑った彼女は、化粧ばえするくっきりした顔立ちの中にかわいらしさがのぞいていた。

「ここ、いい雰囲気のお店ですよね。同僚に、このへんにサンドイッチ屋さんがあるって聞いてたものの、なかなか見つけられなくて。やっと見つけたときは、想像以上にステキなお店でうれしくなりました」

「わかりにくいですよね。でもこの雰囲気が気に入って決めたんですよ。店のたたずまいや公園の風景が、わたしが昔からあこがれてたイメージにぴったりだったものだから」

　笹ちゃんが言うと、ＯＬふうの女性も深く頷いた。

「わかります、木立の中からちらりと見える店構えがいいんですよね。ここのサンドイッチ、不思議となつかしい雰囲気だから、本当にぴったりな場所だと思います」

「そう言っていただけるとうれしいです」

「それにれんこんって、子供のころは母がよく天ぷらや煮物にしてくれたものだけど、自分じゃなかなか料理に使わなくて。それがサンドイッチになってるから、何だか斬《ざん》新《しん》で、なつかしくて、食べてみたくなりました」

「よかった。れんこんはわりと馴染みがある食べ物だから、イメージが固まってるんだけど、サンドイッチはいろんな組み合わせができるし、パンにはさむことで新しい料理になるんですよね。食べ物との再会があればいいなと思ってます」

笹ちゃんのサンドイッチにわたしが惚《ほ》れ込んだのもそこだ。パンにはさまれたものは、いつかどこかで食べたもの。それが不思議と目新しく、記憶よりもっとステキになって現れる。とびきりかっこよくなっていた幼なじみ、みたいな感じだろうか。

「再会かあ。いいですね」

「あ、気に入ったものってあります？　タマゴサンドが人気なんですよ。卵焼きのほうの。あと、ゆで卵の、卵サラダサンドは新作なんです」

わたしはさりげなく勧めてみた。

「そう？　じゃあこんど買ってみますね」

彼女はそう言って、サンドイッチとコーヒーを手に店を出ていった。

タマゴサンドのことは、買ったこともないみたいな口調だった。とはいえ、捨てた当人だったとしても、わざわざそのことは言わないだろう。食べてないわけだから感想も言えないし、当たり障りのない返事をするしかなかっただけかもしれない。

とりあえず、ゆで卵のサンドにも興味を持たなかった彼女は、タマゴサンドをゆで卵と間違えて買ったわけでもないのかもしれない。

「スカーフさん、また買いに来てくれたということは、タマゴサンドを捨てた理由はともかく、この店に嫌悪感を持ったわけではないよね」

笹ちゃんはそう言って、自分で納得することにしたようだ。

「あ、笹ちゃん、ツナれんこん、ランチまでに追加しなきゃ。意外と売れたみたいだよ」

ちょうど朝の客が一段落したので、わたしはショーケースの中身を確認しつつ、今日はじめて出した新作が売れたことにほっとした。

「ホントだ。蕗ちゃんが売れるって言ってくれた新作だもんね」

「だって試食、おいしかったもん。間違いなくリピーターだって増えるって」

「だといいなあ。ゆで卵の、卵サラダサンドのほうはいまいちだけど」

「そりゃ仕方ないわな。ここのタマゴサンドは卵焼き、常連はそれが目当てなんやから」

戸口で声がして、わたしたちは振り返った。小野寺さんが、腕組みして立っていた。

「わかってますよ。それでもこの前の、スカーフの女性がまた来たとき、がっかりしないようにって笹ちゃんががんばってつくったんですから」

「じゃあ僕が食べようかな。あ、コロッケサンドとコーヒーもな」

わたしがコーヒーを淹れている間に、笹ちゃんは卵サラダサンドとコロッケサンドをトレイにのせて、カウンター席へ運ぶ。

「ありがとう、笹ちゃん。そういやさっき、公園でここのサンドイッチを食べてる女の人がおった。すぐそこのベンチで、卵焼きがきらいだとか言ってたし。例の人かもな」

「OLふうの女性ですか？　パンツスーツの？」

「うん、そんな感じやった。ツナれんこんを食べてた」

「やっぱり！　笹ちゃん、さっきお店へ来てツナれんこんを買った人だよ。彼女が、タマゴサンドがきらいで捨てた人に間違いないよ」

「どうして卵焼きがきらいなのかな……」

笹ちゃんはやっぱりそこが気になるようだ。

「いやなことを思い出すとか言ってたな」

誰もが笑顔になるはずの、やさしいサンドイッチをつくっている笹ちゃんは、見るからに落ち込んだ。

「笹ちゃんのせいやないって。こんど会ったら、もうちょっとうまく聞き出してみよか？」

小野寺さんはただの親切な人なのかもしれないが、笹ちゃんに接近するためかもとわたしは警戒する。

「いえ、大丈夫です。心配してもらってすみません」

「遠慮はいらんよ」

「小野寺さんもその人に興味があるんですか？　そういえば、なかなかきれいな人でしたよね」

笹ちゃんにまとわりつく彼を牽制《けんせい》するつもりでわたしは言う。

「笹ちゃんが気になるなら協力しようかと思ってさ」

が、彼は直球だ。

「この店のことですから。小野寺さんはお客さんだし」

「これでも僕は、蕗ちゃんが来る前からこの店に通ってるんやで」

強く言っても、あっさりかわされている。彼の言うとおりだけれど、わたしは気にくわない。

「いくら常連さんでも、やっぱりお客さんに協力してもらうわけにはいかないです」

「まあまあ、蕗ちゃん。小野寺さんが口コミで宣伝してくれたおかげで、店をさがしてでも来てくれる人が増えたのよ」

認めたくはないが、小野寺さんの名前を出すお客さんが少なくないのは気づいていた。しかもなぜか女性ばかりで、女子高生から高齢者まで、年齢層も幅広かった。

「小野寺さんって知り合い多いんですね。どういうお仕事してるんですか？」

「ん？　夢を売る仕事」

ホスト？　とにかくわたしには、あやしげな大人の仕事しか思いつかなかった。

やっぱりこの人、うさんくさい。

「わあ、夢を売るかあ。いいなあ。わたしも買いたいです」

「ホント？　なら売ろうか」

「だめっ！　笹ちゃんにいいかげんなもの売らないでください」

はいはい、と彼はおとなしく卵サラダサンドを食べはじめた。

「うん、うまいよ、これ」

よかった。と心の底から微笑み、キッチンへ戻っていった笹ちゃんは、「夢かあ」と食パンを切りながらもそんなことをつぶやいていた。

＊

両側にごみごみとビルや家屋が建ち並ぶ通りは、狭い歩道があるものの、歩きながらすれ違うのもやっとという幅で、どちらかが車道に下りる羽目になる。意外と車が通るので、歩きにくいことこの上ない。

サンドイッチ店、『ピクニック・バスケット』は、通りからだと入り口がわかりにくい。目印は、路地の手前にある立て看板ひとつだけだ。白い板に赤い文字で店名が読める。手書きのメニューも貼ってある。

公園からだとすぐ目につくのに、もったいないと思いながら、雅美は路地を通り、格子状のガラス窓がついたドアをくぐった。

「すみません、ツナれんこんは売り切れてしまって」

訊《たず》ねると、店主らしい女性が申しわけなさそうに頭を下げた。ここはランチタイムが終わると店を閉めるらしく、オフィス街の昼休みもとっくに過ぎた時間では、ショーケースの中がまばらになっているのも無理はなかった。

店の中には女性ひとりだけだ。もうひとりスタッフがいたかと思うが、今は見あたらない。お客さんも雅美のほかにはいない。

今日は午後からの出勤だった雅美は、ツナれんこんはあきらめて、残っているサンドイッチの中から選ぼうとケースの中を覗き込んだ。

「この、卵サラダサンド……って、ふつうのタマゴサンドですよね。マヨネーズであえたあの」

「ええ、そうなんです。うちのタマゴサンドは卵焼きのほうですね。関西では卵焼きをはさむのが一般的だったので」

店主は、別のサンドイッチを示してそう言った。黄色い卵焼きはふっくらとしていて、色も厚みも卵サラダとよく似ている。

「じゃあこれは関東風？」

「お客さんの地域では、ゆで卵のサンドイッチが主流でしたか？」

「はい。だから、タマゴサンドに卵焼きがはさんであるなんて思わなかったな」

何気なく視線をあげる。店主と目が合うと、茶色がかったおだやかな瞳《ひとみ》には何もかも見透かされそうで、雅美はあわてて目をそらした。

「卵焼き、苦手なんですか？」

卵焼きだと思わなくて、買ったタマゴサンドを捨てたことは彼女が知るはずもないのに、悲しんでいるような気がしてしまう。そう思うのは、雅美自身も胸が痛むからだ。

「子供のころのこと思い出すから。母の卵焼きが、好きだったんです」

店主はゆっくりと頷く。ショーケースを見おろしながら、雅美は促されているような気がしてまた口を開く。

「中学生のときに、母が病気で入院して、わたし、父や弟のお弁当をつくっていたんです。もちろん卵焼きは毎日入れてました。母がそうしてくれてたから。あのころは、母の味の卵焼きを焼くことで、母のいる日常を守りたかったのかな。とにかく必死だったんです。父も弟も、お弁当の卵焼きをほめてくれて、母の味と同じだって言ってくれて、わたしは誇らしかったんですけど」

仲のよかったクラスメイトが、雅美が自分で焼いた卵焼きに興味を持ったようだった。彼女のお弁当箱にも、欠かさず卵焼きが入っていて、それは不思議と、少しだけピンク色がかっていた。

変な色。そう言ってしまった雅美に彼女は、変じゃないよ、うちのはこれだから。と反論した。おいしいの？　おいしいよ。じゃあ取りかえっこする？

「学校で、友達と卵焼きを交換して。でも、まずいって言われたんですよね。わたし、それがショックで。母のことまでけなされたようで、つらくなって、泣いてしまったんです。そのせいで、彼女がほかの友達に責められて」

ひどいじゃない、雅美のお母さん入院してるのに、だから雅美ががんばってつくったのに、まずいだなんてさ。

「わたしもひどいですよね。彼女が悪いみたいな態度のまま、黙ってるだけでした」

「それで、卵焼きを食べなくなったんですか？　だけど、本当は好きなんですよね？」

「でももう、おいしく感じられないんじゃないかと思えて。友達の卵焼き、ちっともおいしくなくて、わたしもびっくりしたから。だからよけいに、あのとき相手の気持ちを考えられなかったんです。母の卵焼きも、いやな出来事を思い出すだけだし、あれから避けるようになってしまいました。お弁当は炒《い》り卵とかゆで卵に……」

「食べてみませんか？」

　店主はさらりと言う。

「これは、タマゴサンドだから。卵焼きじゃないんです。あなたの知っている味とは違うと思いますよ。それに、タマゴサンドがおいしくなくても、誰も傷つきませんから」

「誰も、傷つかない……？」

「おいしくなかったのは、あなたのお母さんの味じゃなかったからでしょう？　たぶん、友達のほうもそうだった。別の食べ物を交換したなら、はじめて食べるものだと思っていたなら、別の感想があったかもしれません」

　ああそうだ。タマゴサンドは卵焼きとは別の食べ物なのだ。この店のタマゴサンドの味を、雅美は知らない。知らないものを食べてみるだけ。

なら、タマゴサンドはどんな味がするのだろう。雅美は食べてみたくなった。

傷つきたくないし、傷つけたくもないから、卵焼きを避けている。友達の卵焼きが
おいしくなかった自分も、彼女を傷つけたから許せないのだ。

だったら、はじめて卵焼きを食べる気持ちになってみたい。

「じゃあ、これください」

「はい。ありがとうございます」

イートインスペースのテーブル席に腰掛け、雅美は備え付けの水を紙コップに入れて、タマゴサンドの包みをそっと開いた。

ふわふわの白いパンにはさまれた、黄色い卵がのぞいている。しっかりと焼いた卵は、やわらかいのに弾力があって、厚めのパンに負けない存在感だ。

卵焼きを食べているという感覚はなかった。卵の風味とバターの香りがほどよく口に広がる。それでいて、なつかしい卵焼きを思い出した。まろやかな塩味なのに、ほんのりとあまいケチャップのせいか、甘口だった母の卵焼きを思い出し、無性に食べたくなった。

「これ、おいしいです」

「よかった」

店主は頬にえくぼをつくって目を細めた。

これを、あのとき卵焼きを交換した彼女が食べたらどう思うのだろう。雅美がおいしいと思うものを、彼女はやっぱりまずいと言うのだろうか。

それとも、同じタマゴサンドで微笑み合えるだろうか。

「ピンクのタマゴサンド、つくりましょうか？」

驚く雅美に、店主は相変わらずおだやかな笑みを浮かべている。

「……できるんですか？」

「わかりませんけど、いろいろ試してみます」

あのときのことはショックが大きくて、友達の卵焼きに何が入っていたのか、味もまったくおぼえていない。それでも店主はにこやかに頷く。

「ごゆっくり」

そう言って彼女は奥へ入っていった。

*

「笹ちゃん、何してんの？」

「ピンクの卵焼きをつくってるの」

商店街の青果店へ行った帰り、わたしは新物の野菜がいっぱいに入ったリュックをおろし、肩を軽くたたいた。

「ピンク？　イチゴジャムでも入れるの？」

「うーん、それはないかなあ」

「じゃあ田麩《でんぶ》？　それか、梅干しとか？」

「うん、梅干しとシソの漬け汁とか試してみてるんだけど」

ボウルの中の溶き卵は、少し赤みがかっているが。

「ピンクって色じゃないのよね」

「そもそも、どうしてピンクなの？」

「お客さんがそんな話をしてて、何が入ってるのか気になったの」

「そのお客さんも、何が入ってるか知らないの？」

「おいしくなかったそう」

「おいしくないのを再現するなんて……」

「きっとおいしいはずなのよ」

笹ちゃんの頭の中は、ときどきよくわからない。でも、そこが笹ちゃんのステキなところだ。

わたしは閉店後の仕事に戻ることにする。リュックから出した野菜を、常温のものと冷蔵庫に入れるものにわける。整理を終えたら店の掃除だ。

「そうそう、青果店の成田《なりた》さん、注文の品は明日《あした》持ってきてくれるって。それから、新しく取り扱う野菜、サンプルにってくれたよ」

「ホント？　お礼言っておかなきゃね」

コゲがどこからともなくやってきて、笹ちゃんの足元にすり寄った。どうやらごはんを催促しているようだ。笹ちゃんは手を止めて、戸棚からキャットフードの缶を取り出す。

「あ、コゲちゃんのフード切らしそう」

「じゃあわたし、ちょっと買ってくる」

「うん、お願いね」

缶詰を手にした笹ちゃんに、コゲがますます媚《こ》びる。わたしには見せたことのないあまえかたを横目に、また外へ出た。

コゲはよく知っているのだ。わたしは本当のところ、笹ちゃんのお荷物のようなもの。店の経理や営業に力を注いでいるけれど、雑用というほうが近い。店が軌道に乗りつつあるのは、口コミでお客さんが来てくれるようになっただけ。わたしの力なんて微々たるものだ。

じゃまにならないようにがんばっているけれど、コゲにライバル視されている。いや、ライバルにもならないのかもしれない。

だけどわたしには、行くところなんてないからここにいる。笹ちゃんがそうするのを許してくれているから。

天気がいいと、買い出しも楽しい。公園の中は都会の騒音も遠く、のどかな気分にひたれる。

鼻歌でも歌ってしまいそうな自分に気づき、あわてて声を止めるが、通りかかった人にじっと顔を見られてしまった。ほかにも聞こえていないかとあたりを見回す。目が合う人はいなかったが、並木道のベンチに見覚えのある女性が座っているのに気づき、わたしは立ち止まった。

パンツスーツの女性が、身を屈《かが》めている。おしゃれなスカーフが目につく、スカーフさんと笹ちゃんが言う彼女だった。そして、タマゴサンドを捨てた人。少なくともわたしがそう思っている女性は、パンプスを脱いで靴ずれしたかかとを確かめているらしく、顔をしかめていた。

「あの、絆創膏《ばんそうこう》ありますよ。よかったら使ってください」

彼女に歩み寄ったわたしは、ポケットから出した絆創膏を差し出した。

顔を上げた彼女は、わたしのことをおぼえていなかったかもしれない。びっくりしているように見えたから、急いで付け足す。

「わたしそこの、ピクニック・バスケットっていうサンドイッチ店の者です。買いに来てくださったことありますよね？」

「あ……、あの店の」

思い出してくれたらしく、彼女は表情をゆるめた。

「お仕事、外回りなんですか？　大変ですね」

「歩くことが多くて。新しい靴だったのでこんなことに」

「スニーカー、ってわけにいかないですもんね」

わたしのスニーカーを、彼女はうらやましそうに見ながら頷いた。

「この前、タマゴサンド、勧めてくださいましたよね。だけどわたし、本当言うと卵焼きはもう食べないことにしてるんです」

いやなことを思い出すからと、小野寺さんが話しかけたとき、そんなことを言っていたらしい。

「卵焼きって、思ってた味と違うことがあるでしょう？　それって案外、小さいことじゃないんですよね」

「味が違うとおいしくないですか？」

「おいしいかおいしくないか、そういう問題じゃなくなって、ただこれじゃないって気分になりません？」

わからなくもない。

「それでわたし、いやな思いをしたから」

何があったのだろう。

「わたしは、偏見が強いんでしょうね。わたしの家の卵焼き、少し変わってたんです。子供向きじゃないっていうか。母はふつうだって、地元じゃ友達の家も同じだったって言うんですけど」

変わった卵焼きって、どんなのだろう。わたしが考え込んでいると、背後から声がした。

「おや、蕗ちゃん」

阿部さんがにこやかに手をふった。今はボランティアの途中ではなく通りかかっただけなのか、ふだんの作業着とは違い、ジャケットを着て本を小脇にかかえている。

「こんにちは、阿部さん」

わたしがあいさつをするのと同時に、女性が立ち上がった。

「それじゃあ、わたしはこれで。絆創膏、ありがとうございました」

言うと、急いだように立ち去った。卵焼きのことは、あまり話したくなかったのかもしれない。

思いついて、わたしは阿部さんに駆け寄った。

「阿部さん、今の人でしょう？　この前、タマゴサンドを捨ててたっていうのは」

立ち去る女性の後ろ姿を目で追い、阿部さんは首を傾げた。

「うーん、もっと背の低い人だったような。それに、たぶん違うわ。顔立ちが違う。今の人、くっきりした西洋人形みたいな感じやろ。私が見たのは、どっちかっていうとタレ目で優しい顔やった」

えっ、違う人？　けれど今の女性も、卵焼きを食べたくないようなことを言っていた。

卵焼きぎらいがふたりいる？

いや、卵焼きのきらいな人が複数いるのは妙なことじゃない。笹ちゃんが気にしていたのは、せっかく買ったタマゴサンドを捨てた人だ。今の人じゃないなら、どの人だったのだろう。ＯＬふうのお客さんは少なくないし、当日のことはもう思い出せそうになかった。

あれ以来店へは来ていないのかもしれない。だとしたら、卵サラダのサンドにも気づいてもらえないだろう。

わたしはひどくがっかりした。阿部さんは気の毒に思ってくれたのか、明るく話題を変えた。

「これからな、借りた絵本を返しに行くところ」

そう言って、小脇にかかえていた絵本を示す。

「絵本、お孫さんのためのですか？」

「いや、私は子供も孫もおらんからね。近所の保育園で読んで聞かせるとよろこばれるんや」

「それもボランティアですか？　ステキですね」

「ま、ひとりでも、できることはたくさんあるよって、退屈せんわ。青心《せいしん》さんに教えてもらってなあ。これも、彼が貸してくれた絵本や」

「青心……、お友達ですか？」

「小野寺青心、知ってるやろ？」

えっ、小野寺さん……？

「そこに彼の仕事場があるから、寄ろうと思って」

知らなかった。彼のフルネームはもちろん、小野寺さんと阿部さんが知り合いなのも知らなかった。

小野寺さんはやはり顔が広いようだ。いったい、夢を売る仕事って何なのだろうか。

「仕事場？　どこですか？」

「あれ？　知らんかった？　いっしょに行く？」

ホストクラブの？　しかし、それで阿部さんと知り合うわけはないし、このあたりにそんな店はないはずだ。

　どうしても気になって、わたしは阿部さんについていくことにした。わたしたちの店から、通りを一本入っただけの、ごく近くにその建物はあった。ごみごみした界隈《かいわい》の、五階建てビルの三階へ、阿部さんは階段を上がる。エレベーターもあるようだが、元気な老人だ。

　階段のすぐそばのドアには、会社名も名前らしき表札も何もなかったが、阿部さんはインターホンを押した。少なくともホストクラブではなさそうだ。一階の郵便受けを見た限り、デザイン系の個人事務所が並んでいるようだったが、小野寺さんもそういう系統の仕事だろうか。

「はーい。開いてるよー」

　聞き慣れた明るい声がして、阿部さんはドアを開ける。手前にかかっているビーズの暖簾《のれん》の向こう側が、ひどく雑然としていて、わたしは目がちかちかした。

「あれ？　蕗ちゃん。阿部さん、女性を連れてくるなら言うてや。掃除しといたのに」

　ビーズ暖簾をくぐって現れた小野寺さんは、わたしに気づいてそう言った。

「掃除したって、どうせ変わらんやないか」

「それは言わんといてって」

「これ、借りてた本や。ありがとう」

「どういたしまして」

「また借りに来るわ」

「いつでもどうぞ。あ、蕗ちゃん、よかったらそのへん座って。お茶でも淹れるわ」

「じゃあね、蕗ちゃん」

阿部さんの用事はさっさと終わったらしい。そう言ってきびすを返すと出ていった。わたしは阿部さんにくっついてきただけなのだ。帰らなければと思ったが、結局、出遅れて取り残されている。

まあいい、この機会に小野寺さんに訊《き》きたいことがある。そう思い直し、勧められるままに中へと入った。

衝立《ついたて》で仕切られた場所に、テーブルとソファがある。わたしはソファに腰をおろす。天井まで届く本棚、デスクの上にも床にも、色々なものが散らばっている。おもちゃだ。木馬、三輪車、恐竜の模型やプラモデル。いったいここは何なのだろう。

「はい、どうぞ」

小野寺さんが淹れてくれたのはほうじ茶だった。やたら熱くて湯飲みにさわれなかったが、彼は平気で一口飲んだ。

「あのう、ここで何のお仕事をしてるんですか？」

「探偵」

あっけにとられるわたしに、にやりと笑う。

「って信じた？」

「子供をさらってるって言ったほうが信じます」

「なるほど、職業・人さらいか。おもしろいやん」

なぜかメモを取る。

「小野寺さん、このあいだ、卵焼きがきらいだっていうOLと公園で話したって言ってましたよね。その人、くっきりした顔立ちでした？　それとも、タレ目でやさしそうな感じですか？」

「うーん、好みの顔かどうか、ってことしか記憶にないな」

は？　と思いつつもこらえて問う。

「好みでした？」

「わりと」

「どういう顔が好みなんです？」

「ほっぺたがやわらかそうな人」

顔立ちとは関係がない。それに、小野寺さんの言う人が、わたしが会った女性か、阿部さんが見かけた人か、まるで判断できないではないか。

「タマゴサンドを捨てた人、蕗ちゃんが思ってるスカーフの人じゃないかもしれないわけ？」

「そう、それなんです。さっき、公園でその女性に会ったんですけど、阿部さんが言うには、タマゴサンドを捨てたのは違う人だって」

「うん、僕が会ったのも、蕗ちゃんの言う人とは違うと思う」

小野寺さんは腕組みをして、考えをめぐらせたようだった。

「蕗ちゃんは、コーヒーを買ったからスカーフの女性をおぼえてたわけやけど、僕が話をした人はペットボトルの水を飲んでた。たまたまかもしれへんけど、食事のときに飲むものって、わりと好みが決まってて、そんなに変えたりせえへんのとちゃうかな。サンドイッチにコーヒーを組み合わせる人が、たまたま水っていうのはなさそうやと思わん？」

「じゃあわたしは、笹ちゃんのタマゴサンドを勧める人を間違えたんですね」

「タマゴサンド、べつに誰が食べたってうれしいやん」

「まあそうですけど、結局彼女も、タマゴサンドは食べたくないみたいだったし……」

「僕もな、いろんな人に笹ちゃんのタマゴサンド勧めてるけど、中には好みじゃなかったって人もおるよ。そもそも卵焼きはサンドイッチにするもんじゃない、和食だからってね。ゆで卵や目玉焼きは和食じゃないんやそうや。あんパンの存在はどうなる？　あまい卵焼きで菓子パンみたいなんならいいんかなあ」

「そうですね。あまい卵焼きが基本だと、サンドイッチで食べたいとは思いませんよね」

「あまいのか辛いのか、醬油《しょうゆ》味か、砂糖やみりん味か、卵焼きって一見しただけじゃ、味付けまでわからへんもんな」

スカーフの女性も、そんなことを言っていた。思っていた味と違うと戸惑うと。

「関東は甘口で、関西は塩味、といっても家によってみりんとか醬油とか、使う調味料が違うし、出汁巻きもありますもんね」

「笹ちゃんのは塩味。結局卵焼きの味って、家の味が鉄板なんやな」

しみじみと、わたしは小野寺さんと頷き合った。

「卵焼きを捨てた人、サンドイッチをゆで卵だと思って買ったんじゃなくて、あまくない卵焼きはダメな人だった、とかさ」

そうか、そうかもしれない。

「けどさ、あまいからおいしいときも、辛いからおいしいときもあるからなあ。僕は笹ちゃんのタマゴサンドも、向かいの寿司《すし》屋の卵焼きも、角の弁当屋の出汁巻きも好きや。蕗ちゃんの淹れるコーヒーも」

小野寺さんにほめられると、ふだんは軽薄にしか感じられないのに、今は素直にうれしく思えた。いつもはただ変だと思うアンパンマンのネクタイも、今日は不思議とかわいく見えてくる。この人は、いろんなものを好意的に見ている。何かと否定してしまうわたしとは違う。

常連客で顔見知りでも、個人的なことはほとんど知らない。ここでどんな仕事をしているのか、ますますうさんくさい。でもたぶん、わたしの知らない世界で働いているだけで、夢を売ると聞いてホストしか思い浮かばないわたしの想像力が貧困すぎるのだろう。

「笹ちゃんは、誰かがおいしいと思うものを、馴染みがあってなつかしくて、もういちど食べてみたくなるようなものを、サンドイッチに取り入れていく人やから、もしかするとあまい卵焼きのサンドだってつくれるかもな」

くやしいけれど、小野寺さんはわたしよりずっと笹ちゃんのことを理解している。わたしは先入観が強くて、思い込んで決めつけてしまうところがあるのだ。だから、タマゴサンドを捨てた人も彼女だと思い込んでいて、とにかく笹ちゃんのつくるサンドイッチのおいしさを知ってもらいたいと押しつけがましく考えていた。

けれど、小野寺さんの言うように、笹ちゃんはそんなふうに思っていないのだろう。だから誰かの、おいしくなかったという卵焼きを再現しようとしているのだ。

笹ちゃんは、梅干しのピューレを混ぜた卵焼きを焼いた。田麩や紅生姜《べにしょうが》も試してみた。食紅を入れればピンク色にはなる。でも、家庭でお母さんがつくる卵焼きは、そんな色付けではないだろう。

「蕗ちゃん、どうかしたの？　元気ないじゃない」

ぼんやりと笹ちゃんの作業を見ていた。たぶん何度か、ため息をついていたことだろう。

「そう？　そんなことないよ」

「さっき川端さんが来て、もらい物だけどって九州のおみやげをくれたの。川端さんは食べないからって」

キッチンの隅に置いてある包みをわたしは手に取る。要冷蔵と書いてある。こういうことは笹ちゃんのほうがぼんやりしていると思いながら、わたしは包みをはがして冷蔵庫に入れる。明太子《めんたいこ》だ。川端さんは辛いものが苦手なのだろうか。

「蕗ちゃんがいないのを残念がってたよ」

ドキリとしてもいいような言葉なのに、笹ちゃんの口調にはまったく含みがないから、わたしは平静な気持ちで受けとめている。

「コーヒーでも飲みたかったのかな」

「元気な蕗ちゃんを見てると、元気になるんだって。王子、忙しくて疲れ気味みたい」

「人を栄養ドリンクみたいに」

　でも、もちろん悪い気はしない。

「てきぱき動きながら、楽しそうにおしゃべりしてるところがいいんだって。川端さんは仕事中無口になるらしいよ」

　いやいや、黙って仕事をするほうが男らしいではないか。

「わたしって、落ち着きないよね」

「そんなことないよ。事務処理も完璧《かんぺき》だし、仕事内容もきちんと整理してくれるし、わたしよりずっと愛想もいいし、蕗ちゃんのおかげですごく助かってる。誰かに何か言われたの？」

「ううん、そうじゃないんだけどね。タマゴサンドを捨てた人のこと、わたし思い違いをしてたみたい。この前公園でスカーフさんと会って、ちょうど阿部さんが通りかかったから確かめたら、違う人だって言うの。小野寺さんが会ったのも、コーヒーじゃなくて水を持ってた人だって」

「水？　そうなの」

　笹ちゃんは小さく首を傾げた。

「でもね、不思議なんだ。スカーフさんも、卵焼きでいやな思いをしたから食べたくないって、公園で話したとき言ってた。家の卵焼きが特殊だったたって。それでいやな思いをしたとか……。小野寺さんが言ってた人が、タマゴサンドを捨てた人だとすると、卵焼きがきらいな人がふたりもいることになっちゃう」

わたしは混乱していたが、笹ちゃんはふふっと笑った。

「じゃあねえ、きっと卵焼きが、サンドイッチに姿を変えて、ふたりを引き寄せたのよ。サンドイッチならおいしいよって」

＊

数日後、スカーフの女性はわたしたちの店に現れた。ランチタイムの少し前だったから、店内には笹ちゃんとわたしと、それからコゲしかいなかった。

わたしを見て彼女は軽く会釈し、ショーケースに歩み寄る。タマゴサンドをじっと見つめつつも、買うべきかどうか迷っているようだ。

「これって、あまい卵焼きじゃないですよね」

「ええ。シンプルな塩味です。でももし、あまい卵焼きのサンドイッチがあったら、どんな味がするんでしょう。食べてみたいような気もしますね」

笹ちゃんはいつものもふんわりした笑顔を彼女に向けた。

「わたし、あまいのは苦手なんです。ううん、あまい卵焼きがあるなんて知らなくて、友達とお弁当の卵焼きを交換したとき、あまかったから驚いて、まずいって言ってしまったんです」

その気持ちはわからないでもない。以前、麦茶だと思って冷蔵庫の中のものを飲んだところ、出汁だったときは、まずい麦茶だと最初に思ったのだった。

「最近、その友達と仕事の関係で偶然に会って、そしたら昔のこと思い出して、卵焼きに躊躇《ちゅうちょ》してしまって」

「前は、タマゴサンドを買ってくださってましたよね」

笹ちゃんが言う。

「え、前から買ってらっしゃいました？」

「はい。でも異動前は総務にいたので、髪も化粧も力入れてなかったかも」

「笹ちゃん、気づいてたの？」

「ほら、蕗ちゃんが手伝うようになる前、ホントにお客さんがいないころに来てくれてたから。なのに、どうしてタマゴサンドを食べなくなったのか、捨てるほどなのかって考えちゃった」

捨てる、なんて何の話か彼女はわからなかっただろう。笹ちゃんは、話を戻すように、不思議そうな顔をした彼女に問う。

「再会したお友達は、卵焼きのことまだ怒ってたんですか？」

「仕事で会ったので、わたしのことおぼえてないのかもしれませんが、初対面みたいな態度でした。でも、わたしからは何も言えなくて。あのときの卵焼き、彼女のお母さんの味なのに。入院してたお母さんの代わりに、家族のために彼女が焼いたものだったのに……」

きっと仲良くしていたのだろう。卵焼きの味だけで、友達をなくしてしまうなんてやりきれない。

「転校する前に、あやまりたくて、わたし、あまい卵焼きをつくったんです。でも、はじめての卵焼きでひどい有様でした。焦げだらけで、結局渡せなくて、学校のゴミ箱に捨てました」

そうして苦い思いをかかえたまま、離ればなれになってしまったのだろうか。

「でも、彼女もあやまりたかったんじゃないですか？」

笹ちゃんはまるで、スカーフさんの友達を知っているかのようにそう言った。

「あやまる？　彼女はわたしを傷つけるようなことは何も……。わたしのお弁当の卵焼きも、きっと口には合わなかっただろうけど、まずいなんて言わなかったし」

「でも、あなたがほかの友達に責められるのを黙って見てた。その場で泣いてしまったことを、後悔していましたよ。それに、卵焼きを交換するきっかけは、彼女があなたの家の卵焼きを、変な色と言ったことだったとか」

驚くわたしの隣で、笹ちゃんはおだやかに語りかける。

「まずいと言われて傷ついたとき、彼女は自分も、変な色と言ってあなたを傷つけていたと気づいたんです。だから、彼女もあれからずっと、卵焼きを食べるのをためらっていました」

笹ちゃんは、キッチンへ入っていく。スカーフさんとわたしはふたりしてそれを見守っていたが、しばらくして戻ってきた笹ちゃんは、断面もきれいなピンク色をしたサンドイッチを手にしていた。

「その人のリクエストです。彼女のためにつくったんですけど、あなたに試食してもらえれば、いちばんなんじゃないかしら」

ピンク色の卵焼き、薄く塗ったマヨネーズとレタスをはさんで、パンは軽くトーストされている。じっと見て、スカーフさんはつぶやいた。

「これ、うちの卵焼きと同じです。明太子が入ってるから、こんなピンクがかってて」

そうか、明太子入りの卵焼き。わたしは明太子の卵焼きもパスタも、そのままごはんにのせるのも大好きだ。川端さんがくれたパッケージを見て、ちょっとうれしかった。笹ちゃんもあれを見て、ピンクの卵焼きはこれじゃないかと思ったのだろう。

けれど、明太子の辛さは、あまい卵焼きを想像していた友達を涙ぐませた。きっと、悪気なんてなかったのに、誤解が重なったのだ。

「笹ちゃん、明太子のピンクが正解だって、よくわかったね」

「お客さん、明太子入りクリームチーズサンドをよく買ってくれたなって思い出して。もしかしたらと思ったの」

さすがは笹ちゃんだ。

「あの、わたしもサンドイッチをリクエストしてもいいでしょうか」

明太子卵焼きのサンドをじっと見つめながら、スカーフさんは言う。

「あまい卵焼きサンドでしょう？　つくっておきますよ」

ほっとした様子のスカーフさんは、ようやく笑顔を見せた。コーヒーを買って、明太子入り卵焼きサンドを試食した彼女は、本当にうれしそうで、わたしは笹ちゃんをあらためて尊敬したのだ。

おいしいものをつくれるのって、人を幸せにする才能といっていいだろう。

「サンドイッチって、再会を手伝える食べ物なのかも」

スカーフさんを見送って、笹ちゃんが言う。

「タマゴサンドを捨てた女性も、ここでタマゴサンドを食べてくれたの。卵焼きとの再会は、彼女好みのあまい卵焼きじゃなかったけど、サンドイッチだから、昔とは違う気持ちで再会できたのよね。だったら、仲良かったふたりが再会する手助けにもなれたかな」

「うん、きっと、昔みたいにまた、仲良くできるよ」


タマゴサンドフェア、と銘打って、その日はとくべつにいろんなタマゴサンドを店に並べた。もちろん、明太子入り卵焼きサンドもある。

あまい卵焼きをさわやかな梅シソのソースとともに大根やキュウリと合わせ、パンにはさんだサンドイッチもなかなか好評で、サンドイッチという食べ物になれば、新しい料理として先入観なく買ってくれる人が多いようだった。

ランチタイムの波が過ぎると、小野寺さんが現れる。

「タマゴって、今日はイースターか？」

「そうですよ。復活祭」

笹ちゃんの言葉に、そうなんだ、と思うわたしは、昨日笹ちゃんが、卵の殻にカラフルな模様を描いていたのを不思議に思っていた。それは今、窓辺やレジカウンターに飾られている。

「そんな外国の祭り、知らん人のほうが多いんちゃうん」

「卵焼きと友情の復活ですから」

彼は首を傾げながら、いつものようにコロッケサンドを注文した。

「小野寺さん、コロッケより本日限定のタマゴサンドを食べてみません？　あまい卵焼きも明太子卵焼きもおいしいですよ？」

わたしはつい言いたくなる。

「これが僕のエネルギー源なんや」

コゲがアームチェアの上でうたた寝している。テラス席のベンチで、ふたりの女性がタマゴサンドを食べている。いろんな味のタマゴサンドを取りかえっこしながら、中学生みたいに会話に花を咲かせ、おいしいと連発している。

小野寺さんは見覚えのあるタレ目の女性に気づいただろう。わたしに目配せして、「よかったな」と笑う。

笹ちゃんのサンドイッチはやわらかい。けっして奇をてらっていなくて、けれど食べてみると、新鮮な感じがする。想像していなかった具材でも、こういうのもおいしいなとするりと入ってくるのがいい。

笹ちゃんのように、やわらかくなりたい。

タマゴで祝う春の日は、窓からさし込むタマゴ色の光もやわらかかった。

ハムキャベツの
隠し味

制服を着た女子高生は、『ピクニック・バスケット』のお客さんとしてはめずらしかった。チェックのプリーツスカートをひらひらさせて、店の中へ入ってきたショートボブの少女は、ぐるりと店内を見回す。とはいえ狭いので、一瞬のことだ。

朝、出勤前の会社員がぽつぽつと店へやってくる中、彼女はしばらく順番を待つかのようにショーケースの後方にいて、しかしケースの中よりも、笹ちゃんをじっと見つめていた。

最初は、わたしと笹ちゃんと、両方を見くらべていたのだが、すぐに笹ちゃんに視線を定めたのだ。

「お決まりですか？」

声をかけると、彼女はわたしのほうを一瞥《いちべつ》し、けれど無視するように笹ちゃんに声をかけた。

「なあ、いちばん人気ないのってどれ？」

は？　と思うわたしの隣で、笹ちゃんはやさしく返す。

「どれもおいしいですよ」

「でも、売れないヤツだってあるでしょ」

「強いて言うなら……、これかなあ」

まじめに答えなくていいのに。そう思うけれど、笹ちゃんはまじめに答えた。ハムキャベツ炒《いた》めサンド、だ。

「ふうん、まずそう」

いや、まずそうって。

「じゃ、こっちのをください」

「ローストビーフサンドですね？」

「これは人気なんでしょ？」

「一番人気はタマゴサンドかな。もちろん、ローストビーフもおすすめですよ」

「タマゴ？　ふつうやん」

そう言うと彼女は、ローストビーフサンドを買って出ていった。

「何なの、今の子」

わたしは少々むっとしていた。

「近くに住んでるのかな」

「どうだろ。なんだか、嫌がらせに来たみたいじゃない？」

「ちゃんと買ってくれたし、嫌がらせってほどじゃないよ」

笹ちゃんは寛大だ。

「でも、どこかで見たことがあるような……」

首を傾げてしばらく考え込んだが、思い出せなかったようだ。笹ちゃんは小さくため息をついて、話を変えた。

「ねえ蕗ちゃん、ハムキャベツって、まずそうかな」

「そんなことないって」

ハムとキャベツを炒めたシンプルな具だが、ハムの層とキャベツの層が交互に重なっていて、ピンクとグリーンの縞《しま》になった断面がなかなか美しいサンドイッチだ。なのに、まずそうだなんてひどいではないか。

「だけどほら、ローストビーフみたいなよそ行き感がないし」

たしかに、キャベツ炒め、というのは庶民的なおかずのイメージだ。テーブルが淋《さび》しい、付け合わせが足りない、もう一品あればなあ、というときに、とりあえずつくられるようなところがある。

「よそ行き感があればいいってものじゃないと思うな。だって、卵焼きとかコロッケだって、日常的じゃない」

それにしたって、ショーケースにはベーコンレタスサンドというものもあるのだが、こっちは定番人気だ。ハムキャベツとそんなに違うだろうか？　どっちも豚肉と野菜のシンプルな組み合わせではないか。なのにベーコンレタスはちょっとおすました感じがある。

「うん、そうね」

そう言いながらも笹ちゃんは悩んでしまっていた。

よけいなことを言わないでよと、わたしはさっきの女子高生に心の中で毒づく。笹ちゃんは、サンドイッチのことになるととっても繊細なのだ。ほかのことにはまるっきりおおらかなのだけれど。

そのときの女子高生を、わたしがまた見かけたのは、数日後のことだった。看板を出そうと通りのほうへ路地を回り込むと、コゲが少女とにらみ合っていた。彼女は煮干しを手に、コゲにゆっくりと近づこうとしている。それをじっと見ていたコゲは、急に興味を失ったようにふいと顔を背け、あくびをして路地へ入っていった。

がっかりした様子の彼女は、ふとわたしに気づいて、恥ずかしそうな顔をした。

「あの猫、コゲちゃんっていうの。あんまり愛想がよくないんだ」

ふうん、と言って、彼女は左手に持っていたビニール袋に煮干しを戻す。

「煮干し、持ち歩いてるの？」

「まあね」

猫寄せだろうか。

「このへん、よく来るの？」

「ううん、偵察に来た」

背筋を伸ばしてわたしに歩み寄る彼女は、この前店へ来たときと同じように、挑発的な目になっていた。

「偵察って、わたしたちの店を？　どうして？」

「もうひとり女の人、いるやん？　あたしのお父ちゃんとつきおうてるん？」

は？　あまりのことに、わたしは口を開けたまま声を出すことができなかった。笹ちゃんが？　この子のお父さんと？

「あなた、お母さんは？」

「いません」

「お父さんって、どこの誰？」

「あの人に訊《き》いたら？」

この子のお父さんなら、四十代くらいだろうか？　三十歳の笹ちゃんと、一回りは離れているのだろうけれど、あり得ないというほどではない。

笹ちゃんってば、話してくれてもいいのに。しかし子持ちだし、言いにくかったのだろうか。何でも話せる姉妹だと思っていたのは子供のころのこと、あのころわたしは、笹ちゃんのことを本当の姉だと思っていた。

お互いが本当のことを知っている今、わたしたちは、昔のように何でも話せる間柄ではないのかもしれない。なんて、いろんなことがわたしの頭の中をぐるぐる回る。

「お父ちゃん、このごろやたらおしゃれな料理をもらってくるんや。キッシュとか、ミートローフとか、瓶に入った野菜がこう地層みたいになってるやつ……」

「メイソンジャーサラダ」

「それ。うちのごはんは、おばあちゃんがつくるレバニラ炒めとカボチャの炊いたん。それがお父ちゃんの好物やのに、味噌《みそ》汁の代わりにクラムチャウダー、って合えへんやん！」

まあ、たしかに。

「お父ちゃんのまわりでそんな料理つくりそうな女、ほかにおれへんから。あの人でしょ？」

笹ちゃんなら、キッシュもメイソンジャーサラダもつくるだろうけれど。

「あなたは、お父さんとその恋人がいっしょにいるのを見たことはないのね？　それで、どうして笹ちゃんのほう？」

「ムネおおきいやん」

ああそこか。

「お母ちゃんと雰囲気が似てるし」

小生意気だった彼女が、そこだけしんみりとした口調になった。

「最近、お父ちゃんが女の人と会ってるっておばあちゃんが言ってた。再婚するかもしれんって」

「えっ、再婚？」

「でも、あたしは反対」

少女は強くそう言うと、きびすを返して駆け出していった。

「なあ、今の本当なん？　笹ちゃんが結婚？」

背後の声に、わたしは驚いて振り返った。小野寺さんが呆然《ぼうぜん》とした顔で突っ立っていた。

「ショックですか？」

「そりゃそうや。僕たちの笹ちゃんが、あんなでかい子供のいる男と？　僕があの女子高生と結婚するようなもんやないか。犯罪やで！」

「小野寺さん、女子高生なら守備範囲では」

「あ？　高校生なんて生意気な年代に興味ないわ。純粋でかわいいのは小学校の低学年まで」

きっぱりと言うが、犯罪という言葉がわたしの頭に浮かぶ。しかし小野寺さんは、笹ちゃんには好意があるらしい。いったい、ロリコンなのか違うのか。

「よし、調べよう。相手の男のこと」

「えっ、調べるって、どうするんですか？」

「今の子、松風《まつかぜ》学園の制服やったやろ？　リボンの色からして一年生、ちょっと探ってみる」

制服やらリボンやらに詳しいことに、わたしが驚いている間に、小野寺さんは事務所のほうへと通りを横切っていった。

いったいどうやって調べるつもりなのだろうか。

*

帰宅すると、ダイニングテーブルには花柄のふたがついたタッパーが置いてあった。重りを飲み込んだかのように、一気にずしりと気分が落ち込む。成田真理奈《まりな》はそれを見なかったことにすべく、二階の自室へ駆け上がる。カバンを放り出し、ベッドに横になっていると、祖母の呼ぶ声がした。

「真理ちゃん、三笠《みかさ》買うてきたよ。食べや」

ああまた、かど屋の三笠か。たまにはシュークリームが食べたい。そう思いながらも体を起こす。部活を終えて帰ってきたところだ。空腹感は、三笠の誘惑にあらがえなかった。

居間へ入っていくと、祖母が洗濯物を畳みながらテレビを見ていた。ちゃぶ台には三笠の入った袋が置いてある。仏壇にも、ひとつ供えられている。

祖母はまるで、仏壇には三笠でないといけないと思っているかのようにそればかりを供えるが、母もきっと、シュークリームを供えてほしいと思っているのではないだろうか。

真理奈は、母とよく買った大きなシュークリームを思い出したが、あの店はもうないのだから、供えることもできないのだ。

「お父ちゃん、またおかずもらってきたよ。下に置いてあったやろ。店へ来たんやて」

「暇な人やね。人の家のごはん、いちいち差し入れてくれるなんて」

「ロールキャベツやて」

真理奈は三笠の袋を開けて、無造作につかみ出す。かぶりつきながら「ふうん」と無関心を装った。

「おばあちゃんのごはんのほうがおいしいのに」

「いつも文句ばっかり言うやん。ババくさい料理って」

「ババくさいけどおいしいの」

「あんたキャベツ好きやから、つくってくれたんとちゃう？」

だったらなおさら、真理奈にとってはうれしくもない。キャベツは、母を思い出す食べ物だから。

「そうだ、今日はキャベツ炒めにしよ。あたしつくる」

「キャベツづくしやね」

祖母は微笑んだけれど、ちょっと心配そうな顔だった。真理奈が意地になっているのがわかっていたのだろう。

ロールキャベツとキャベツ炒め。張り合おうとしたって勝負は見えている。それでも真理奈は、キャベツ炒めを父に食べさせたかった。ロールキャベツだけにうちの食卓を占領させたくなかったのだ。

あまくてやわらかい新キャベツをざくざく切って、厚めのハムと炒める。味付けは塩だけ。もちろんおいしい。だけど、なんだか物足りない。記憶にある、母のキャベツ炒めとはどこか違う。

作り方を教えてもらおうなんて真理奈が思いつく年齢になる前に、母は死んでしまった。だから、一から十まで記憶がたよりだ。

キャベツが好きだったのは母だ。父は、母のキャベツ炒めに惚《ほ》れて結婚したと聞いたことがある。

ロールキャベツにも負けないとびきりのキャベツ炒めは、真理奈にはつくれないから、父は母を忘れて、再婚してしまうのだ。

あのサンドイッチのキャベツ炒めは、どんな味がしたのだろう。あの女の人がつくったキャベツ炒めは、お父ちゃんの好きな味だったのだろうか。

真理奈のキャベツ炒めより、ずっとおいしいのだろうか。

「そうや、今日は学校の連絡網でメール来とったで。このごろ学校の近くにあやしい男がうろついてるんやて。真理ちゃんも気いつけや」

祖母が台所へ降りてきて、流しの下からぬか床を取り出しながらそう言った。

「あやしい男？」

「女子高生の盗撮をしてるんちゃうかて」

「キモっ」

「部活、遅なるときはお父ちゃんに迎えに行ってもらおか」

「大丈夫だよ。駅までみんないっしょやし、人通りもわりとあるし。お父ちゃん、夕方は忙しいのに、店空けるわけにいけへんやろ」

「ちょっとの間やったら、おばあちゃんが店番するで」

「いいの。もう子供やないし、自分で気をつけるって」

「そうか？」

父にたよったり、わがままを言うのはいやだった。

母がいなくなって七年、父だって誰かを好きになっても不思議はないし、再婚もしたいだろう。そう思う一方で、もやもやと苛立《いらだ》ちも感じている。母ではない女の人を好きな父に嫌悪感をおぼえる。

このところ真理奈は、父とほとんど口をきいていない。いいかげんな返事しかしなかったり、無視したり、つい不機嫌に接してしまう。

学校のこととかテストのこととか、何か訊かれるたびにむかむかする。おばあちゃんを手伝えとか、ほかに話題がないから言ってみるだけのくせに、命令口調なので腹が立つ。ちゃんと手伝ってるっていうのに、自分はよその女に料理をもらって鼻の下伸ばしてるんでしょと思ってしまうのだ。

八つ当たりだとわかっている。でも、父みたいなおじさんが、あのサンドイッチ店の、まだ若そうだしかわいい雰囲気の人とつきあっているなんて理解できないし、したくもない。

真理奈にとって、恋をする男女はおしゃれでかっこよくて、あこがれの対象であるべきものだ。身内のそんな話は知りたくないし、匂わせないでほしいと思うばかりだった。

＊

夕方になると、『ピクニック・バスケット』の周辺はにわかに人通りが多くなる。仕事が終わったオフィスビルから人がはき出されてくるからだ。

そんな人波がレストランや居酒屋に吸い込まれていく中、すでに営業を終えた静かなピクニック・バスケットの店内で、笹ちゃんが明日《あした》の仕込みに集中している。わたしは片隅のデスクで収支の計算をすませ、ノートパソコンを閉じると大きくのびをした。

自家製のマヨネーズやタルタルソース、バジルペースト、トマトのディップ、キッチンに漂う香りは刻々と変わる。

コゲはチーズの匂いに敏感だ。嗅《か》ぎつけて、キッチンのドアを引っ掻《か》く。物欲しそうに鳴く。しかたないなあ、と笹ちゃんはキッチンを離れ、猫用のチーズを戸棚から取り出し、コゲにあげている。

濃厚なチェダーチーズの香りとは違うことに、コゲは気づかないのだろうか。猫用チーズで満足したらしく、食べ終えるといつものアームチェアの上で毛繕いをはじめる。

そのとき、店のドアがたたかれた。少々大きな音だったので、笹ちゃんもわたしも驚いてドアのほうに注目した。

繰り返し、ドアをたたく音が響く。ふつうのノックではないから、わたしはドアへそっと近づいていき、ブラインドの隙間から外を覗《のぞ》き見た。

あの女子高生だ。なんだか泣きそうな顔をしていたから、わたしは急いでドアを開けた。

転がり込むように入ってきた彼女は、息を切らせながら急いでドアを閉める。

「どうしたの？」

「変な人が……、あたしのあとをつけてきて……。学校からずっと誰かが……」

わたしは笹ちゃんと顔を見合わせる。

「もう大丈夫よ。とにかく、座って」

椅子に座って深呼吸すると、彼女は少し落ち着いたようだった。

「何か飲む？」

「いえ……、大丈夫です」

頭を振って、彼女はわたしと笹ちゃんを交互に眺め、それから今度は頭を下げた。

「ごめんなさい。お店、閉まってる時間なのに」

「気にしないで。何かあったら大変だもん」

ここへ駆け込んでしまったのは、彼女にとっても意図しないことだったのだろう、ちょっと戸惑い気味だ。近くにいたのは、笹ちゃんの様子を見に来ていたからだろうか。

「それにしても、変質者かな。おうちの人に迎えにきてもらう?」

笹ちゃんは少女を気づかいつつ言う。あせったのはわたしだ。彼女は、お母さんがいないと言った。お父さんが来たら、笹ちゃんはびっくりするのではないだろうか。

少女の言うことが本当で、笹ちゃんが彼女のお父さんとつきあっているのかどうか、わたしはまだ、直接確かめられないままだった。

「いいです、帰れます」

ここに逃げ込んだことを気まずく感じ始めたのか、少女は立ち上がろうとした。そのとき、おなかがグゥと鳴った。

「あ、おなかすいてる? よかったら、サンドイッチ食べない? 外へ出るのはもう少し待ったほうがいいと思うし」

頰を赤くした少女は、力が抜けたようにすとんと腰をおろす。

「残り物だから、遠慮しなくていいよ」

キッチンへ入っていった笹ちゃんは、トレイにサンドイッチをいくつかのせて戻ってくる。わたしもなんだか、おなかがすいてきていた。

「じゃ、わたしも食べよっかな」

椅子に腰掛けると、笹ちゃんも座った。売れ残ったサンドイッチの中には、ハムキャベツ炒めのサンドもあった。少女はじっとそれを見ていたから、わたしは違うのを手に取った。

「どうして、サンドイッチにハムキャベツなんですか？　サンドイッチにする料理じゃないでしょ？」

前に、まずそうと言った彼女だけれど、ハムキャベツがやけに気になっているからには、本当にまずそうだと思ったわけではないのだろう。

「サンドイッチになりたがってた」

笹ちゃんは、愛《いと》おしそうに両手でハムキャベツ炒めのサンドを持ち上げた。

「よく知ってる料理だからこそ、サンドイッチになってると食べたくならない？　知らない食べ物より、なんだかわくわくすると思うの。親しんだ食べ物が、とびきりよそ行きに、おしゃれしたように見えるでしょう？」

そんなふうに笹ちゃんが言うと、どんなサンドイッチもおいしそうに見えてくる。ふわふわのパンにはさまれて、幸せそうに見えるハムとキャベツは、晴れ着を着たかのようで、サンドイッチになりたくて笹ちゃんのところへ来たのだろう。本当にそんなふうに思えると、一口食べたら自分も幸せになれそうで、わくわくする。

少女も同じ魔法にかかったのか、ハムキャベツ炒めのサンドを手に取った。

ゆっくりと口に運び、味わうと、不思議そうにサンドイッチを眺める。

「ホント……、よそ行きの味がする」

ずっと硬い表情だった彼女が、少しだけ頬をゆるめた。

「あたしのつくったキャベツ炒め、なんか足りへんの。こっちのほうが、少しだけお母ちゃんのキャベツ炒めに近い気がする。お母ちゃんはキャベツが好きで、よくつくってました」

彼女は母親のことを口にしたが、笹ちゃんに含むところはなさそうだった。本当にただ思い出して、話さずにはいられなかったようで、わたしは黙って聞いていた。

「お母さんの料理には、何か隠し味があったんじゃない？」

「隠し味……、でも、とくべつな調味料は使ってなかったと思うから」

わたしも、ハムキャベツ炒めのサンドを味わうことにする。塩味のきいた厚めのハム、キャベツのほのかな甘み。マスタードとパンの香りがほどよく混ざり合う。

「これ、グリーンボールですよね？」

「ええ。やわらかさも歯ごたえもほどよくて、気に入ってるの」

「あたしもグリーンボールでつくってるのにな。ハムが違うんかな」

たから」

「商店街にある〝ミートデリカ〟って店。お母ちゃんは本店のほうで買ってたけど、あたしはもう行ってないです。ちょっと遠いし、そっちのほうへ行かなくなってしも
「同じお店のハムなら、本店でも支店でも味は同じよね」

わたしが言うと、笹ちゃんも頷《うなず》いた。

「そうねえ、ミートデリカなら知ってるけど、本店でつくったものを支店で売ってるみたいだから、同じだと思うな。お母さんは、本店で同じハムを買ってたんでしょう？」

「ロースハム。特売の切り落としだったけど、同じはずです。本店、前は隣に洋菓子屋さんがあって、シュークリームをよく買ってたんです。それで、ついでに隣でハムを買って……。おやつがシュークリームの日はハムキャベツ炒め、そう、お母ちゃんがいたころは決まってたな」

「まあ、キャベツづくしね」

不思議そうに少女は首を傾げた。わたしも気がつけば同じようにしている。シュークリームにキャベツは入っていないのに。

「シュークリームのシューって、キャベツって意味でしょう？　皮の形がキャベツに

似てるから、あのお菓子はシュークリームっていうの」

「そういえばシュークリーム、キャベツに似てる！　そうなんや、知らんかった」

素直に感動の声をあげる。子供らしさがかいま見える。

「お母ちゃん、キャベツが好きやからシュークリームも好きやったんかな。隠し味、シュークリーム？……なわけないか」

「お母さんの味とは違ってても、あなたもキャベツ炒めが好きで、自分でつくって食べてくれてるなら、お母さんはうれしいんじゃないかしら」

うつむきながらしばらく考え込んでいたが、急に彼女はきりっと顔を上げた。

「あたしは、おいしいのをつくりたいんです。ロールキャベツよりおいしいのを。お母ちゃんと同じのを食卓に置きたい。うちの食卓に、昔と同じように」

それから、サンドイッチの包み紙をたたみ、手のひらをきちんと合わせて「ごちそうさまでした」と頭を下げた。

「……おいしかった。でも、負けませんから」

「あ、ねえ。駅まで送るよ」

戸口に歩み寄る彼女に、わたしは声をかける。

「平気です。サンドイッチ食べたから、走れます」

さっきはおなかがすきすぎて走れなかったのだろうか。軽い足取りで公園のほうへ駆け出していった。

「負けないって、何のことかなあ。ねえ蕗ちゃん？」

「……何だろうね」

わたしはつい、ごまかした。食べかけのサンドイッチにかぶりつき、よけいなことをしゃべらないようにする。しばらくふたりで黙々と食べて、食べ終えたとき、笹ちゃんに訊いてみた。

「このハムキャベツサンドには、隠し味があるの？」

「まあね。ハチミツを使ってるの」

聞けばはっとして、その味がくっきりと浮かび上がる。

「そっか！　それでキャベツの甘みが引き立つんだね？　あ、笹ちゃん、さっきの女子高生、お母さんもそれを隠し味にしてたとか？　これと味が近いかもって言ってたよね」

笹ちゃんは少し考えて、首を横に振った。

「違うと思うな。とくべつな調味料は使ってなかったってことだから。ハチミツを入れてたらわかるでしょう？」

母親の料理と同じグリーンボールを使い、同じ店でハムを買って、調味料も記憶どおりに使っているのに、彼女は味が違うという。何か違いがあるはずなのだ。

「サンドイッチは気に入ってもらえなかったか」

笹ちゃんは小さくため息をついた。

「おいしいって言ってたよ」

「だけど、楽しくはなかったでしょう？」

わたしは、『ピクニック・バスケット』という店名を思い浮かべた。サンドイッチは、ピクニックから違和感なく連想される食べ物だから、うきうきした気分で楽しく食べるイメージが店名に込められているのだと、今ごろになって理解した。

笹ちゃんにとって、サンドイッチは楽しいものなのだ。

「ねえ笹ちゃん、どうしてハムキャベツ炒めのサンドイッチをつくったの？」

「ハムキャベツが好きだけれど、食べると少し淋しくなるという人がいてね。好きなのに、淋しくなるなんてつらくない？」

だけどさっきの少女のように、母を失ったことと結びついてしまうのなら無理もない。

「それで、サンドイッチをつくってみたの。そうしたら、楽しい気持ちで食べられるかもしれないじゃない？」

「その人に買いに来てもらうために？」

「ううん、その人の話は、わたしのサンドイッチのイメージに重なっただけ。日常の、誰もが食べたことのあるものって、その人だけじゃなくてほかの誰かにとっても、楽しかったり悲しかったりする食べ物かもしれないじゃない。わたしはそれを、ふかふかのお布団でくるむの。そんな食べ物がつくれたらいいなと思うから、ハムキャベツ炒めのサンドもそのひとつにできればって」

その人は、笹ちゃんの好きな人で、あの少女の父親なのだろうか。

そうだとしても、違っていても、笹ちゃんが誰かの言葉に触発され、サンドイッチをつくろうとするのは不思議ではなかった。

誰かが、いつかどこかで食べた味、そんなものがサンドイッチになって、この店に並ぶ。誰かとの再会を待っている。

よく知っているはずの味が、サンドイッチになって並んでいる。なつかしさに興味を持って買う人が、その新しい味を好きになってくれれば、再会は幸せなものになる。

だからわたしも、笹ちゃんのサンドイッチに惹《ひ》かれたのだ。

＊

翌日、真理奈が家へ帰ると、台所のテーブルにまた花柄のタッパーが置かれていた。視界に入れないようにして、テーブルのそばを通り過ぎるつもりが、つい視線が引き寄せられてしまう。

透明なふたの内側に、黄緑の野菜が見える。キャベツ炒めだ。直感した真理奈は、足をとめてタッパーを真上から覗き込んだ。間違いない。ハムらしいピンク色のものが、黄緑のキャベツにまぎれている。

どうして？　よその女が母の得意料理をつくり、成田家の食卓に置いているなんてどういうこと？　真理奈は頭がくらくらした。

「おう、帰ったのか」

声とともに、父が台所へ入ってくるのを背後に感じた。二階の居間にいたらしい。まだ店は開いているのに、どうして上にいたのだろう。店番は祖母にまかせているのだろうか。そんなことがちらりと頭をよぎったが、それよりも真理奈は、目の前のキャベツ炒めに苛立っていた。

「ちょっと、お父ちゃん！　これ何よ！」

「ああ、キャベツ炒めや。おまえがこれを好きやって話をしたからか、つくってくれたんや」

どうして。こんなのいらない。疑問と否定の言葉が頭の中をぐるぐる回る。うまく声を発することができずに、真理奈はにらむように父を見ていた。

「食べてみろや、なかなかうまいで」

父は真理奈の様子には気づかないのか、能天気に言う。

「あたしがつくったのよりも？」

「ん？　おまえのもうまいよ」

「お母ちゃんのよりも？」

「お母ちゃんのか。もう長いこと食べてへんからなあ」

そうだ。記憶は年々薄れていく。真理奈は、自分でつくったものを食べれば食べるほど、どこか母の味とは違うのに、自分のキャベツ炒めに馴染《なじ》んでいくのに気づいていた。

「……忘れたん？　お父ちゃん、もう忘れたいってこと？　忘れて、このキャベツ炒めの人と再婚するの？」

「再婚？　何言うてんのや」

「あたしは、そんなのいやや。あたしが、お母ちゃんのキャベツ炒めをつくるんや！」

「真理奈」

テーブルに両手をついて、父は真理奈のほうに身を乗り出した。

「同じ味とちごてええ。いろんなキャベツ炒め、食べられるのも悪くないやんか。お母ちゃんのは、お母ちゃんといっしょに食べたやつ。おまえと食べるのは別の味でええんちゃうか？」

その人と、父は新しい料理を、食事を望んでいるのだろうか。その人の味で食卓を囲むなら、この家のテーブルから真理奈の母の味はなくなってしまうのだ。

だけど、そんなものはとっくになくなっていた。母の料理は母にしかつくれない。それでも真理奈は、キャベツ炒めをよみがえらせようと必死だった。

父と母を引き合わせた料理だから、せめてそれだけでも食卓に並べたかった。

父にとっては、よけいなことだったのに。

真理奈はタッパーを持ち上げ、ふたを開ける。そのままゴミ箱へ中身をぶちまけようとする。

「おいっ、何するんや！」

父が止めようと手をのばし、キャベツ炒めは無惨にも床に飛び散ってしまった。

「こんなもん、いらんわ！　せいせいした」

言った瞬間、父の平手打ちが飛んできた。

痛くて泣きたいのはこっちなのに、泣きそうな顔をした父の向こうに、女の人が立っているのを、真理奈はぼんやりと眺めた。

驚いたように呆然としている女性は、ショートカットで背が高くて、あのサンドイッチ店の店主とは似てもいない。若くもなく、父と同年代の、ふつうのおばさんに見えたけれど、その人が、数々のおしゃれな料理やこのキャベツ炒めをつくったのだということは、ぼんやりした頭でもすぐにわかった。

真理奈はその場から駆け出していた。

＊

「このあたりに変質者ですか？」

朝食を買うお客さんが一段落した時間、ピクニック・バスケットにやってきた川端さんに、世間話の流れで笹ちゃんが訊く。

「川端さん、そんな噂とか聞いたことありません？」

「昨日、女子高生が誰かに追いかけられたみたいなんです」

笹ちゃんは遅くまで店にいることが多いから、わたしはちょっと心配していた。

「それは、物騒ですね」

川端さんは端整な眉《まゆ》をひそめる。そうだ、もし笹ちゃんが変な人に追いかけられたら、川端さんの店に逃げ込めばいい。ナイトよろしく守ってくれそうだし、笹ちゃんだって恋に落ちるに違いない。

なんて妄想し、ついにやけていると、急にドアが開いて、入ってきた小野寺さんと目があった。

「蕗ちゃん、なんや、楽しそうやな」

「た、楽しくないですよ！　今変質者の話をしてたんです！」

あわてて表情を取り繕おうとするが、ゆるんだ頰は簡単には引き締まらない。

「そういや昨日、前に蕗ちゃんと話してた女子高生を、この公園で見かけてん。おびえたような顔してたから、声かけたんやけど」

はっとして、にやけ顔から素に戻ったわたしは、笹ちゃんと顔を見合わせた。

「もしかして、あとをつけてた変質者って、小野寺さんじゃ……」

「えっ？　僕が変質者？」

「その女の子、怖がってここへ駆け込んできたんですよ」

「待ってくれ。べつに何もしてへんって。声をかけたら急に逃げ出したんや」

「追いかけたでしょ」

わたしがにらむと、小野寺さんは目をそらした。

「そりゃ、まあ、ちょっとだけ」

「彼女、学校を出たときからあとをつけられてたとか言ってましたよ」

笹ちゃんもなかなか追及が厳しい。

「学校から？　それはないわ」

小野寺さんはあわてたように首を振った。

「ですよね。とすると、やっぱり彼女をつけてたのは変質者かしら。ちょっと心配」

「気のせいやないか？　僕なんて、方向がいっしょってだけやのに、前を歩いてる女性が急に走り出したりするで」

「えー、小野寺さん、本当に方向がいっしょなんですか？」

「ホントやて。なあ王子でもそういうことあるやろ？」

「ないですね」

あっさりと川端さんは否定した。もしも後ろからついてくる人がいて、ちらりと振り返ったときに川端さんがいたなら、わざとハンカチを落とすかもしれない。なんて、わたしはまた妄想する。

「うそやろ？　誰でもあるはずや」

「いや、でも、ないですから」

必死な小野寺さんと、涼しく否定する川端さんのあいだで、笹ちゃんが気の抜けた声を出した。

「そっかあ、気のせいならいいんですけど。あ、小野寺さん、コロッケサンドですね？」

「ああ、うん」

笹ちゃんへの印象が悪くなったかもしれないまま、話が打ち切られたことに、小野寺さんはがっくりうなだれていた。

「それじゃあ、僕はこれで」

小野寺さんを慰めることもなく、川端さんはまた涼しい笑みを残して帰っていく。コロッケを揚げるためにキッチンへ入っていく笹ちゃんを尻目《しりめ》に、わたしは声をひそめて小野寺さんに問いかけた。

「彼女の学校がどこか、小野寺さん詳しかったじゃないですか。調べるって言ってたし、本当に学校からあとをつけたりしてないんですか？」

「松風学園には知り合いがいるから、ちょっと訊いてみただけや。学校まで行ってへんし」

「知り合いって、先生とか？」

「あの子、テニス部やろ、この前ラケット持ってたから。同じ部の生徒が色々教えてくれた」

「えっ、女子高生と知り合いなんですか？」

「男子。まあとにかく、部活の写真見せてもらってわかった。名前は、成田真理奈。天満《てんま》の青果店の娘」

「成田……青果店？」

「ああ」

「そこで野菜買ってる……」

いつも野菜を届けてくれる、成田さんの顔をわたしは思い浮かべた。人のよさそうな、おだやかな印象。仕事熱心で野菜に詳しくて、近隣の農家から直接めずらしい野菜を買いつけてもくれる。

笹ちゃんの彼氏が、成田さん？

奥さんを亡くして子供もいるとはいえ、わたしは少しだけほっとしていた。笹ちゃんが幸せになれなかったり、苦しんだりするような相手だったらと思うと、気が気でなかったのだ。

その一方で、小野寺さんはあからさまに不愉快そうに眉間《みけん》にしわを寄せていた。

「それで笹ちゃんと親しくなったか」

「そういえば、野菜のこと色々訊いたりして、いつもなごやかな雰囲気なんですよね」

「でもなあ、子持ちやで。それにあの子は、父親の再婚がいやなんやろ？　うまくいくわけないやんか」

「だったら、笹ちゃんは悲しいですよね。あの子にきらわれて、好きな人とうまくいかなくなったりしたら……」

小野寺さんは、眉間のしわをますます深くした。

「よし、行こう」

「どこへ？」

「真理奈ちゃんを説得すんのや」

「小野寺さん、それでいいの？」

「笹ちゃんが笑顔でつくるサンドイッチやないと、おいしないからな」

めずらしく、小野寺さんと意見が合った。わたしは大きく頷いていた。

店が終わってから、わたしは小野寺さんの事務所を訪ねた。そうしてふたりで、成田青果店のある商店街へ向かう。

夕方で混雑しはじめた商店街は、ずいぶん活気に満ちている。人気の店には短い列ができつつある。

「あ、ミートデリカ。にぎわってますね」

ハムの店、〝ミートデリカ〟の支店では、タイムサービスと書かれたのぼりが目立っている。それを横目にわたしがつぶやく。

「ここの本店のハムで、真理奈ちゃんのお母さんはキャベツ炒めをつくってたんですって。特売の同じハムを使っても、同じ味にならないって、真理奈ちゃんは悩んでました」

「切り落としパック？」

小野寺さんが問う。

「ええ、どうしてわかったんですか？」

「ここの特売パックは有名やろ。タイムサービスの目玉やねんて」

「よく知ってますね」

「主婦の知り合いからよく聞く」

なぜ主婦の知り合いが多いのか。小野寺さんに関しては、わたしは不審に思うことばかりだ。小野寺さんは、わたしの視線に無関心だ。アーケード街の奥のほうをじっと見ている。そして彼は、急にそちらを指差した。

「あれ、真理奈ちゃんちゃうか？」

誰かが、こちらへ向かって走ってくる。わたしも視線を向けると、真理奈ちゃんが人込みの中、全力疾走しているのが見えた。

足が速い。それだけに、周囲の人がよけていくので彼女の姿はやけに目立つ。通りかかった自転車が急ブレーキをかけたとき、彼女も驚いてよけようとしたが、勢いあまってよろけ、近くにあったお好み焼きの看板にぶつかった。

「真理奈ちゃん、大丈夫？」

駆け寄ったわたしを、彼女は頭をさすりながらも驚いたように見た。

「あ……、サンドイッチ屋の」

「やだ、どうしたの？　頬が……」

赤くなった頬をあわてて手で隠し、真理奈ちゃんはその場に座り込む。

「親父さんとケンカでもしたんか？」

小野寺さんがのんびりした口調で言うが、図星だったのか彼女の目が涙でうるんだ。

「あたし、お母ちゃんのキャベツ炒めが食べたい。なのにお父ちゃんは、もう忘れたって。別の女の人のキャベツ炒めを、おいしいって言うから、あたし、女の人の前でキャベツ炒めゴミ箱に捨ててしもた」

真理奈ちゃんはうつむいたままつぶやく。

「そうか。そりゃ修羅場やったな」

慰めるように、真理奈ちゃんの頭に手を置く小野寺さんは、不思議と子供の扱いに慣れているように見える。真理奈ちゃんは高校生で、幼い子供ではないけれど、そんなふうに扱う小野寺さんは、まだ両親を心の拠《よ》り所にしている真理奈ちゃんを、ちゃんと子供扱いのできる大人だった。

「いや、まてよ。親父さんの相手の女性、今、成田青果店にいるってことか？」

唐突な質問に、真理奈ちゃんは不思議そうに頷く。

「じゃあ、笹ちゃんやないやないか。なあ真理奈ちゃん、サンドイッチ屋のおねえさんやないってことか？」

小野寺さんもしゃがみ込んで、真剣な顔で問う。今それが、真理奈ちゃんに訊くべきことだろうか。大人げない。

「はい……、人違いでした」

「そうか、よかったよかった。じゃあ笹ちゃんは今、彼氏はおらんってことで」

「それはどうかわかりませんよ」

ついわたしは冷たく言ってしまう。また一気にしょんぼりする小野寺さんは、いったいどこまで本気なのだろう。

「あの、どうしてあたしの名前を……」

本題からずれた小野寺さんの態度で、真理奈ちゃんはかえって落ち着いたのだろうか。少しばかり顔を上げた。

「ああ、お世話になってる青果店の娘さんやって、思い出したんや。なあ蕗ちゃん」

小野寺さんはうそをついたが、笹ちゃんは最初から、真理奈ちゃんを見たことがあるような気がすると言っていた。たぶんわたしも、青果店へ寄ったときにちらりと見たことがあるのだろう。そんな気がしてきて頷いた。

「なあ、ミートデリカの本店へ行ってみいひん？」

また突然、小野寺さんはそんなことを言う。

「本店へ？　どうして？」

「タイムサービスの切り落としパックを買うんや」

宣言すると、どんどん歩き出す。わたしは真理奈ちゃんと顔を見合わせたが、立ち上がった彼女といっしょに小野寺さんのあとに続いた。

長々と続くアーケード街をしばらく歩き、横道にそれた場所に、ミートデリカの本店はあった。タイムサービス目当ての短い列ができている中、わたしたちもその最尾に並ぶ。

売り切れそうになった切り落としパックを、かろうじて買うことができて店を出ると、真理奈ちゃんは隣の建物を物思うように眺めながら立ち止まった。

「もしかしてここ、洋菓子店だったところ？」

「うん、そう」

今はコンビニになっている。洋菓子店の名残はどこにもない。

「古くからの商店街でも、店の入れ替わりははげしいよな」

「それにしても小野寺さん、どうしてミートデリカの本店へ行こうなんて言い出したんですか？」

何かあるのかと思ったが、店では特売のパックを買っただけだ。店の人に何か訊くでもなかった。

「とりあえず、そこの公園へ行こか」

そばにあった児童公園の、ベンチに並んで腰をおろす。小野寺さんは、買ったばかりのパックを開けるように真理奈ちゃんを促した。

ビニールの袋から取り出し、透明なパックのふたを開ける。形の不揃いなハムが雑然と入っているが、丹誠込めてつくられた人気のハムの端っこだというだけだ。味は変わらないはずだし、ピンク色の切り口はやわらかそうで食欲をそそる。

小野寺さんは手をのばし、一切れつまみ上げるといきなり口に入れた。

「やっぱりな。本店の切り落としは、ハムだけじゃない、焼き豚が入ってる」

「え？」

よく見ると、たしかに別の切れ端がまじっている。

「店内にも、切り落とし詰め合わせって書いてあったやろ」

「そうでしたっけ」

「うん、書いてあったけど、じゃあ、いろんなのがまじってるってこと？」

真理奈ちゃんはそう言って、おそるおそるといった様子でパックの中から焼き豚をつまんだ。

口へ運び、はっとしたように顔を上げる。

「焼き豚のあまさ、お母ちゃんの味に似てる」

行儀が悪いのは承知で、わたしも焼き豚の切れ端を口に入れた。ハチミツの味だ。たぶん、ハチミツを隠し味に使っている。それで、笹ちゃんのハムキャベツ炒めとどこか似ていると彼女は思ったのだ。

「お母ちゃんは、このパックを買ってたから、キャベツ炒めに焼き豚の味が入ってたってこと……？」

彼女は詰め合わせパックをまじまじと見て、それからおかしそうにクスリと笑った。

「おおざっぱやなあ。これって、ベーコンとサラミもちょっと入ってるし、買う日によって中身が微妙に違うってことでしょ？　それをキャベツと炒めて、たぶんうちのキャベツ炒めは、いつも少しずつ味が違ってたんですよね」

「きみのお母ちゃんは、センスいいな」

小野寺さんも笑った。

「ちょっとくらい具が違っても、みんな気づかんくらいおいしくつくってたんや」

少しずつ味が違っても、おいしいことに変わりはなかった。同じ食卓をいつもの家族が囲めば、ふだんと変わりないお母さんの味だとみんなが感じていた。おいしい、それ以外の言葉はいらない、そんな料理だったのだ。

「焼き豚もハムも、ここのはごはんに合う味や」

またひとつつまんで、小野寺さんはじっくり味わう。

「パンにはさんでも、ぜったいおいしいですよ」

「ああ。笹ちゃんが使ってるハムとはまたちょっと違うけど、キャベツ炒めにもぴったりやな」

歯ごたえのあるキャベツ、そのあまさとさっぱりした味が、しっかりしたハムの味をまろやかにしてくれるだろう。

「これでハムキャベツ炒めをつくったら、お母ちゃんの味になりますよね」

「そうだね。やっと、お母さんのキャベツ炒めがつくれるね」

けれど真理奈ちゃんは、うれしそうじゃない。小さくため息さえつく。

「だけどもう、お父ちゃんは、お母ちゃんの味はいらないって言うんです。あたし、お父ちゃんがわかりません。そんなにお母ちゃんのことを忘れたいなんて……」

「忘れたいんじゃないと思うな。忘れることなんてできないから、お父さんもつらいんじゃない？　お母さんのキャベツ炒めを食べたら、悲しくなってしまうかもしれないから」

納得はできなかったのか、真理奈ちゃんは顔を上げようとしなかった。

「でもあたしは、お母ちゃんのキャベツ炒めを食べたいんです。お父ちゃんといっしょに」

＊

真理奈はその日も次の日も、父と口をきかなかった。父のほうも、どう言葉をかけていいのかわからなかったのかもしれない。いつもより早く店へ出て、いつもより遅くまで店にいた。

放課後になると、真理奈は家へ帰るのが億劫《おっくう》になる。もしまた、あの女性が家にいたらどうしようと思うからだ。いや、もう来ないのではないか。真理奈がしたことは、彼女を傷つけただろう。真理奈のためにキャベツ炒めをつくったのに、あんなことをされて、父との間もぎくしゃくするかもしれない。

そのほうがいい、とも思えずに、真理奈は胸が痛む。

あの人と父はどこで知り合ったのだろう。なんとなく、あの女性を見たことがあるような気がしている。

気分が落ち込んで、部活を休んでしまった。ひとりで学校を出たものの、まっすぐ帰る気にもなれず、真理奈は駅とは反対の方向に歩き出した。

歩道橋の階段をのぼりかけたとき、人が背後にいるのはわかったが、追い越していくだろうとだらだら歩く。でも、後ろの人は接近してくるばかりだ。ぴったりくっつかれているようで、なんだか気持ち悪い。

振り返ると、顔がすぐ近くにあって、真理奈はぎょっとした。

ひげ面の知らない男が、にやりと笑う。腕をつかまれて、ぞっと鳥肌が立つけれど、声も出せない。

「ちょっとあなた、何やってるの！」

そのとき、階段の下方から声がした。駆け上がってきた女の人は、男と真理奈の間に強引に割り込んだ。

あの人だった。あのとき家に来ていた、花柄タッパーの人……。

けれどあのときとはまったく違う、きびしい顔で男をにらみ、低い声で告げる。

「写真、とったでしょう。警察です」

男は急に駆け出した。女性はすかさず追いかけていく。

真理奈は急に足が震えて座り込むと、しばらくしてあの女性が戻ってくるまでそうしていた。

学校のまわりに不審者がいると、最近話題になっていたために、見回りの警察官がすぐに駆けつけて、男はつかまったということだった。真理奈は、警察官の女性が運転する車で家へ送ってもらうことになった。

「お父さんに事情を話してもいい？」

年頃の娘にとって、盗撮されただなんて父親には知られたくないことだ。足しか写っていなかった、と聞いても、なんだかいやだ。

「いやなら、あなたの前で言わないっていうだけだけど」

でも、そういうもんだよね。と思う。

「正直ですね。こそこそしてたわりには」

つい、嫌味を言ってしまう。

「ごめんなさいね。あなたと話がしたくて、学校の近くへ来てたの。それに、不審者のことも成田さんに聞いて、気になってたから」

尾上寛子《おがみひろこ》、という彼女は、今日は非番だったらしい。名前と仕事、彼女のことを、真理奈はぼんやりと思い出していた。

「ずっと……、あのころから、お父ちゃんとつきあってるんですか？」

おそるおそる訊いてみた。

「わたしのこと、おぼえてる？　でも、そういうんじゃない、成田さんとは友達やよ」

母が事故に遭ったとき、寛子さんが、原因や状況などを報《しら》せてくれたのだった。

母は、猫をよけようとしてハンドルを切ったという。そうして、対向車線のトラックに衝突した。トラックの運転手は、いきなり母の車が向かってきたと言い、真理奈と父は納得できないままだったが、目撃者から猫のことを聞き出してくれた寛子さんのおかげで、混乱し、途方に暮れるあの日々の中、ほんの少しだけ、心が慰められたのだった。

「わたしも夫を事故で亡くしたから、相談に乗れることがあればと思ってただけ。あれからとくに接点はなかったんだけど、たまたま、免許の更新で成田さんが署に来てたときに会ったの。あなたが年頃になって、色々心配なことが増えたんでしょう。それからちょっと話すことが増えて」

彼女の事情は、真理奈にははじめて知ることだった。

何が起こって、どんなふうに大切な人がいなくなってしまったのか、よくわからないもどかしさと、受け入れがたい淋しさを、彼女も経験したのだろうか。

「息子がひとりいてね。この春からひとり暮らし。肩の荷がおりたようでほっとしてるんやけど、わたし、料理が趣味で。でも、食べてくれる人がおらへんし、成田さんにおしつけちゃった。女の子なら、こんな料理も気に入ってくれるかな、なんてね」

ごめんね。彼女はまたそう言った。

真理奈のほうこそ、彼女に悪いことをした。でも、何も言えなかった。

「なあ、キャベツ炒めつくろか」

その夜、父が唐突にそう言った。

「真理奈が買ってきたハムがあるやろ」

この前、ミートデリカの本店で買ったものだ。冷蔵庫に突っ込んだままだった。

父は、母の味の秘密を知っているのだと、そのとき真理奈は気がついた。本店でしか売っていない切り落としパックは、ハムや焼き豚の詰め合わせになっていて、母はまぜて使っていた。それも父は知っていて、母の味にならないと悩む真理奈には黙っていた。

「お母ちゃんのキャベツ炒めを?」

「そうや」

パックを見て、父は本店のものだと気づいたのだろう。

でも、食べたくないのではなかったのか。真理奈は問えないまま、台所に立つ父のそばに歩み寄った。

ハムを刻む父の隣で、グリーンボールの葉を洗い、適当な大きさにちぎっていく。

「猫な、今もいるみたいやで」

父の唐突な言葉も、何のことか真理奈はすぐにわかった。母がよけようとして事故を起こした、あのときの野良猫だ。

「見かけたんや。近くを通ったときに」

「似てただけちゃう？」

茶トラの猫なんて、いくらでもいるだろう。

「そうかもな。でも、あのときの猫やて気がする。こっちをじっと見てたよってな」

「猫は、お父ちゃんのこと知らんやん」

「お母ちゃんが乗ってたのは、うちの車やった。成田青果店って書いた軽ワゴン」

当時の車はもちろん大破した。今のワゴンにも店名は書いてあるが、猫に文字が読めるわけがない。

「そんで、子猫を連れとった」

それでも、あのときの猫だったらいいなと、真理奈は素直に思えた。

フライパンの中で、キャベツとハムと焼き豚が躍る。ジュッジュッといい音がする。加えるのは塩とこしょうだけ。

父とはじめてつくったキャベツ炒めは、母の味がした。

淋しかった。キャベツ炒めはここにあるのに、母はいない。おいしくてなつかしくて、母を身近に感じるほど、胸がいっぱいになって涙がこぼれた。

父も泣いていた。泣きながら、ふたりで食べた。

＊

その日、ハムキャベツ炒めのサンドがはじめて売り切れた。素朴なサンドイッチだけど、一度買ってみた人は意外と気に入ってくれることが多いらしく、確実なファンがいるようだ。

ハムキャベツとなれば、真理奈ちゃんのことが気にかかる。あれから彼女は、お父さんと仲直りしたのだろうか。キャベツ炒めの謎は解けたけれど、どんな答えを出すのだろう。

「そう、あの女の子、やっぱり成田青果店のお嬢さんだったんだ」

笹ちゃんの偵察に来ていた彼女が、人違いをしていたとわかり、わたしはことの顚《てん》末《まつ》を話したところだった。笹ちゃんは少し前から気づいていたらしく、そう言った。

「この前来たとき、グリーンボールとか、キャベツの品種のことよくわかってるみたいだったでしょ。それで、なんとなくね」

小振りで丸みのあるグリーンボールを手に取って、つやつやした黄緑の葉を、笹ちゃんはやさしい目で見つめる。

「それにしても、真理奈ちゃん、だっけ、彼女がわたしのこと、お父さんの交際相手だと思ってただなんてびっくり。蕗ちゃんも黙ってないで直接わたしに訊いてくれればいいのに」

「だって、笹ちゃんが秘密にしてるのかもとか思っちゃって」

「そんな人がいたら、蕗ちゃんには言うよ」

「じゃあ、今はいないの？」

「いないって。ずっと、片想いしてるだけ」

「えっ、好きな人がいるの？　どんな人？」

初耳だったから、びっくりした。

「ケンタくん」

それは笹ちゃんが大ファンだという俳優だ。なあんだ、と言いそうになるが、笹ちゃんはぽっと頬を赤らめるのだからほんとうにかわいくて、手の届かない恋なんてもったいないとわたしは思う。

でも、笹ちゃんのケンタくん好きは小野寺さんにはないしょだ。大げさに落ち込んで面倒くさそうだから。

「蕗ちゃんこそ、好きな人はいないの？」

なんて訊かれ、わたしはイチゴを洗う手が止まった。

「いないよー。わたし、恋愛に向かないみたいだから」

好きになってつきあった人に、重いと言われてふられ、少々恋愛恐怖症だ。

「そう？　でもこのごろ、小野寺さんとよく話してない？」

「いやいや、小野寺さんはどっちかっていうと苦手だから」

「そうだったね。少しうち解けたのかと思ったんだけど」

「あり得ないって」

つい力が入ってしまうと、笹ちゃんは、まるで慰めるようにわたしの目の前にイチゴを差し出す。それを食べて、わたしは笑顔になる。

「あまいね」

笹ちゃんも笑顔になる。

「サンドイッチにすればいいのよ。意外とおいしくなるんだから」

小野寺さんのサンドイッチを想像し、噴き出しそうになってしまったとき、店のドアが開く。小野寺さんが中を覗き込む。

「こんにちはー」

もう閉店したというのに、噂をすれば、という絶妙のタイミングだ。わたしはちょっとたじろぐが、笹ちゃんが応じるようにキッチンから出て行く。

「忘れ物ですね。あずかってますよ」

カウンターに置いてあった紙袋を、笹ちゃんは手に取った。

「ありがとう、笹ちゃん。うっかりしてたわ」

「えっ、それ、小野寺さんの忘れ物？」

「そうや」

「ぬいぐるみですよね」

「違う、マペット」

そう言って小野寺さんは、キリンのマペットを袋から取り出し、手にはめて動かしてみせた。

「あたし、キリンのキリちゃんでーす」

なんて女の子みたいな高い声で言うものだから退《ひ》いてしまう。

「それ、何に使うんですか？」

「何って、遊ぶ。楽しいで」

この人やっぱり理解できない。

「あ、そうや。今、そこで真理奈ちゃんに会って、おじゃましてもいいかどうか訊いてほしいって頼まれてたんや」

「ホント？　遠慮しないで入ってくればいいのに」

わたしはドアから外を覗く。コゲが石段に寝そべっている。そのそばで、煮干しを手にしゃがみ込んでいた真理奈ちゃんと目が合った。

「真理奈ちゃん、どうぞ。あれからどうしてるのか気になってたのよ」

ぺこりと頭を下げて、真理奈ちゃんは店へ入ってくる。煮干しの袋は、急いでポケットに突っ込んだ。

「猫、好きなの？」

「お母ちゃんが、好きやったから」

お母さんがいなくなって、彼女はその代わりに、いろんなものをだいじにしてきたのだろう。キャベツ炒めもそのひとつだった。

「蕗子さん、小野寺さん、このあいだはありがとうございました」

これまでになくきちんとして、彼女はわたしたちにお辞儀をした。

「おう、お父ちゃんと仲直りしたんか？」

こくりと頷く。それから彼女は、笹ちゃんのほうに向き直った。

「笹子さん」

「はい」

「あたしに、サンドイッチの作り方を教えてください」

「サンドイッチを？」

トートバッグの中から、お弁当箱を取り出す。ふたを開けると、キャベツ炒めが入っている。

「あの人に、尾上寛子さんにあやまりたいんです。あの人のキャベツ炒めを捨ててしまったから、でも、お母ちゃんのキャベツ炒めじゃなくて、あたしが寛子さんに食べてもらいたいものって何だろうって考えてたんやけど……。この前ここで、サンドイッチをもらって、ただのキャベツ炒めとは違うのが新鮮で、つくってみたいと思ったんです」

焼き豚もまざった、切り落としパックのキャベツ炒めは、真理奈ちゃんのお母さんの味がするのだろう。それを彼女は、新しい料理に、サンドイッチにしたいのだ。

「お父ちゃんの気持ち、わかったような気がします。だから、お父ちゃんにも笑顔で食べてもらいたい。いっしょに食べられるように、サンドイッチがいいなって。こんど三人で、ピクニックに行くから」

笹ちゃんは、お弁当箱を覗き込んで微笑んだ。

サンドイッチは不思議だ。ふだんの味がちょっとよそ行きになる。外へ持ち出して、親しい人と分け合って食べたくなる。

真理奈ちゃんのお母さんの料理は、真理奈ちゃんといっしょにどこへでも行ける。家の食卓に、お母さんの味とは違う料理が並んでも、きっともう大丈夫だ。

「おいしそう。じゃあこれでつくってみようか」

「よかった！　パンも買ってきました」

「まずは、このキャベツ炒め、味見してもいい？　パンの厚さをどのくらいにするか、トーストするかしないか、あと、パンに塗ってアクセントにするペーストも考えてみましょう」

「へー、サンドイッチっていろいろあるねんな」

キリンのマペットが、口をぱくぱくさせながらそう言った。

不思議とほのぼのと感じられて、わたしの頬もゆるんでいた。

待ち人来たりて

　長いしっぽをゆらりとさせて、コゲが猫ドアから帰ってきた。茶色と黒のまだら模様の猫は、金色の目でまっすぐに前を見すえたまま、わき目もふらずに馴染《なじ》んだ椅子へ飛び乗る。古びた革のアームチェアは、ところどころ色が剝《は》げて、コゲがいても保護色のようになって目立たない。そこでゆっくりと毛繕いをはじめると、コゲに気がついたお客さんはみんな一様に目を細める。忙しい仕事の合間、ほっと一息ついてサンドイッチを買いに来るついでに、猫に会えるのはうれしい人も多いらしい。

『ピクニック・バスケット』の店内、少し奥まった隅っこには、コゲのためのスペースがある。お気に入りのアームチェアの上には、猫ドアになっている小窓までコゲが飛び移れるようにと飾り棚が壁に打ちつけられている。棚に飾られた本やドライフラワーや写真立てを器用によけて、コゲは身軽に上へのぼっていけるのだ。

　店内にいるとき、コゲはだいたいそのあたりでくつろいでいる。興味を示すお客さんをまったく無視して昼寝をし、ときどき窓の外をじっと眺めているかと思うと、気まぐれに外へ出て行き、気まぐれに帰ってくる。

もともとコゲは、別の人に飼われていたらしい。笹ちゃんがここを借りたとき、コゲもついてきたのだという。それは家主であり前の飼い主でもある人の希望だということで、猫つきの物件を格安で借りられたわけだ。

ランチタイムの人波が去ると、コゲは椅子からゆっくり下りて、カウンター席へ歩み寄る。少し前から店へ来ていた、小野寺さんの足元でまるくなる。小野寺さんは、コーヒーを飲みながらずっとノートパソコンとにらめっこをしているが、コゲのしっぽがふわりと足首に触れると、ふっと頬がゆるむ。その表情が本当におだやかでやさしげなのに、わたしは最近気がついた。

「蕗ちゃん、コーヒーのおかわりもらってもええ？」

「はーい」

わたしは新しいペーパーカップにブレンドコーヒーを注ぐ。スリーブをつけて、カウンター席へ持っていく。

「小野寺さん、どうやってコゲを手なずけたんですか？　わたしにはいまだに他人行儀なんですけど」

わたしのことは、笹ちゃんのいないときだけ食べ物をねだる相手という認識だ。それも、餌入れを置く台の前にきちんと座って、まだか、という顔でじっとこちらを見ているだけで、笹ちゃんにするようにあまえた声で鳴いたりはしない。

「そりゃ仕方ないな。僕とコゲには、男どうしのとくべつな絆《きずな》があるんやから」

「コゲちゃんってオスなんだ……」

「そんなこと言うてるから、仲良くなれへんのとちゃう？」

小野寺さんはあきれた顔をした。

「絆って、あれですか？」

キッチンから笹ちゃんが顔を出す。

「そう、あれ」

「笹ちゃん、知ってるの？」

「ここで店を開いたころに、何度も聞かされたの。そういえば小野寺さん、このごろ語ってくれませんよね」

「あのころはほら、ここがえらいかわいらしい店になって、男ひとりでは来づらかったんや。けどコゲの顔見たいし、で、まあ言い訳がましく同じ話ばっかりしてたってこと」

小野寺さんがここへ通うのは、笹ちゃん目当てではなかったのだろうか。いや、コゲをダシに笹ちゃんに会いに来ているのもあるかもしれない。

「ここ、前はタバコ屋さんでしたもんね」

「そうだったんだ。小野寺さん、タバコ吸うんですか？」

「昔はな。ここのタバコ屋が店を閉めたんで、ついでにやめたけど」

笹ちゃんがサンドイッチ店をはじめたのは三年前だ。小野寺さんはそれ以前から近くに事務所があったのだろう。昔のコゲを知っていても不思議ではない。

「で、コゲとの絆やけどな。昔々コゲがまだちっこい子猫やったころ……」

小野寺さんはカバンからマペットを取りだして手にはめた。猫のぬいぐるみだ。

「それ、何か意味が？」

「まあええやん、語り手や」

まっ黒な猫はコゲとは似ていないが、赤い首輪だけが同じだった。

「お母ちゃんとはぐれてひとりぼっちになってしまった小さなコゲは、おなかがすいてふらふらと歩いていました。見覚えのある公園までやって来ましたが、のどがカラカラです。噴水の池が茂みの向こうにちらりと見えます。コゲがそろりと近づいていくと、目の前に太った鳩が立ちはだかりました。つつかれそうになり、怖くなったコゲでしたが、そのとき、コゲの中で狩の本能がうずき……」

マペットが素早く動く。わりとうまい。というか、ぬいぐるみが生き生きとして見え、猫の視点で物語が進む。

「鳩と果敢に戦ったコゲですが、大人の猫ならともかく、やせ細った子猫では勝負は見えています。鋭いくちばしにつつかれ、ぐったりと倒れたコゲは、池に落ちてしまいました。ああ、あわれなコゲ、泳ぐ力すらもうありません。そのまま池の底へ沈んでしまうかと思われたとき」

猫のマペットを、小野寺さんはもう片方の手でつかみあげた。

「コゲを救ったのが……この僕なのでした」

マペットは、濡《ぬ》れた体から水を払うようにぶるぶると首を振った。

「今では、公園の鳩などひとにらみで退散させるコゲにとって、子供のころとはいえ、鳩にやられたのは一生の不覚。誰にも言わないでくれというコゲと、僕は男の約束をしたのです」

おしまい、と言ってマペットをカバンにしまう。いったいこの人は何なのだろう。

「えっ、言いふらしてるじゃないですか」

「ほかの猫には言ってない」

そりゃそうだろう。

「そんで僕はコゲを飼い始めた。ところがある日、コゲを見かけたタバコ屋のおばあちゃんが、譲ってくれって言い出してな。時々コゲが店へ来てて、かわいがってたらしいんや。なんかコゲも、僕の事務所より公園とタバコ屋の窓が気に入ってるみたいやったから、おばあちゃんの猫になった」

「コゲって名前も、徹子《てつこ》さんがつけたのよね？　ぴったりよねえ」

徹子さんというのが、タバコ屋のおばあさんの名前らしい。ほんの半年前にここへ来たわたしには、知らないことが意外と多い。小野寺さんは、わたしが思うよりずっと、この店や笹ちゃんと縁がある人なのかもしれない。

「小野寺さんのこと、コゲは恩人だとわかってるの？」

「そりゃそうや。なあコゲ？」

まるまったまま、コゲはぴくりと耳だけ動かした。

店の前に自転車が止まる。間もなくドアが開く。大きな木箱をかかえて、川端さんが現れる。

「こんにちは」

彼が入ってくるだけで、パンのいい匂いがあたりに漂う。もちろんそれは、木箱に入っている焼きたてパンの匂いだ。公園の中を通ってくると、雀や鳩を引きつれてくることもある。

「ご注文のパン、ちょうど焼き上がったので持ってきましたよ」

「まあ、ありがとうございます。川端さん、サンドイッチの試作品ができたところなので、よかったらもらっていただけません？」

「いいんですか？　おいしいんですよね、笹ちゃんのサンドイッチ」

「川端さんのパンですから、当然です」

「いやいや、いつも感激してるんですよ。僕のパンが立派にドレスアップして、華やかな御馳走《ごちそう》になるのが楽しみで」

「口がうまいな、一斤王子」

小野寺さんがぽつりとつぶやいた。やきもちだろうか。

「小野寺さんのほうが口先は立派じゃないですか」

「僕のはうそっぽいやろ？　そっちは正直に聞こえる」

「わかってるんですね」

わたしはつい、からかうように言ってしまう。

「この差は何なんやろ」

小野寺さんはため息をつく。自信満々じゃない小野寺さんなんて、らしくない。でも、ちょっと同情してしまう。

川端さんのほうがちゃんとしているし、手に職もあるし、小野寺さんの仕事はよく知らないが、とにかく安心して笹ちゃんに勧められそうなのは川端さんだ。

だけど、笹ちゃんがどう思っているのかわからないし、やたらカップリングを考えてしまうのは、単なるわたしの自己満足だ。

「そうそう、今徹子さんの話をしてたんですよ。川端さんの大叔母《おおおば》さまでしたよね。その後おかげんはいかがです？」

笹ちゃんが口にした意外な話に、わたしは驚いて振り返った。

「相変わらずです。ずっと入院したまま、一進一退といったところですよ」

「ご病気なんですか？　わたし、その徹子さんとは会ったことがなくて、ここの持ち主でタバコ屋をやってたって今聞いたところなんです」

「ああそうですね。蕗ちゃんが来る前に、大叔母は入院しましたから。タバコ屋をやめて、ここを笹ちゃんに貸したのもそのためで」

「川端くん、それは違う。徹子さんは入院したんやない。クイーン・エリザベス号に乗って、遠い国を旅してるんや」

小野寺さんが言う。「一斤王子」とからかうように呼ばないときは、彼をくん呼びする小野寺さんだから、案外川端さんとは親しいのかもしれなかった。

川端さんは小野寺さんを見て、困ったように頭をかいた。

「徹子さんは、派手好きで自由奔放で。入院するときはいつも、クイーン・エリザベス号に乗るとか言うんですよ。それがずっと夢だったらしくて。旦那《だんな》さんと結婚するときにそういう約束をしたんだとか、いつも言ってました」

「それがプロポーズだったんですね。ロマンチックな旦那さま」

笹ちゃんは自分のことのように頬を赤らめる。

「でも、旦那さんは事業に失敗して、世界旅行はかなわなかったわけで。なのにいまだにこだわってるなんて……。もともと、家の反対を押し切って結婚したので、徹子さんは親族と疎遠になってたんです。だから苦労したと思いますよ。旦那さんが亡くなってから、かろうじて相続したこの建物でタバコ屋をはじめたみたいですね。僕は子供のころからよくしてもらいましたけど、結局、不幸な人ですよ。ここでの徹子さんの家族は、猫だけだったんじゃないかな」

川端さんは、ちらりとコゲのほうを見た。

「猫は、飼い主なんて誰でも同じ。徹子さんのことなんて、忘れて元気に暮らしてる」

猫は家につくという。だから徹子さんは、笹ちゃんに、コゲを飼うことを条件にここを貸したのだろう。でもコゲが徹子さんを忘れたかどうかはコゲにしかわからない。小野寺さんを恩人として記憶しているなら、徹子さんのこともおぼえているのではないだろうか。わたしはそう言いたくなったけれど、先に小野寺さんが口を開いたので黙っていた。

「コゲのことやけど、徹子さんは、ご主人が猫になってやって来たんかもしれんって言うてたわ。ひとりじゃ淋《さび》しいやろって、心配したんやないかって。自分の年齢のこともあって、飼うのはためらってたけど、僕が拾ったコゲと再会して、どうしても飼いたいって思ったらしい。わりと幸せに毎日を過ごしてたんやないかな」

小野寺さんがコゲを徹子さんに譲ったのは、その話を信じたからだろうか。それとも、孤独な彼女に同情したからか。どちらにしろ、小野寺さんはわたしが思うよりずっとロマンチストなのかもしれない。

「徹子さんはそうやって、現実逃避して生きてきたんでしょうね。病気になっても、クイーン・エリザベス号に乗るんだなんて、自分で自分を慰めて」

「後悔は、してないと思うけどな」

「人に弱みは見せたくないんでしょう。いつも、痛々しいほど明るく振る舞って見えましたよ」

もう言葉を返そうとしなかった小野寺さんは、ノートパソコンの画面に視線を戻したが、納得しかねているようにわたしには見えた。


『かわばたパン』とロゴの入った白木の箱から、紙に包んだ食パンを取り出し、笹ちゃんはショーケースの上に並べていく。パラフィン紙に包まれたパンは、ほんのり透けて、包みを開くまでもなくわくわくする。きれいな正方形の食パン、山形のイギリスパン、切り口の白さも際立つミルク食パン、外側がサクサクしたパンドミー。

この店で働きはじめたときわたしは、うっとりするようなパンをつくる人も、ふわふわしてやわらかく、あまい香りがするのだろうかと考えていた。

でも、川端さんは現実的で冷静な人だ。たぶん、パン作りは厳密な計量や温度管理が欠かせないから、ぼんやりしたイメージを持っているだけではおいしいパンにはならないのだろう。

「川端さんって、シビアなのね。徹子さんのこと、淡々と評価してて意外だった」

「そうねえ、身内だから冷静な目になるのかも。もともと川端さんは、しっかりした考えがあって、きちんと研究しておいしいパンをつくってる。店の経営もしっかりやって、成功してる人だもん。ドリーミーなことは言わないよね」

笹ちゃんは、食パンを一本、猫を抱き上げるようにそっと持ち上げた。パラフィン紙越しに、間近でその香りを確かめる。

「でもね、川端さんはこのパンに似てるよ。わたしね、ちょっと思うの。このパンは、川端さんが秘めてる夢やあこがれを吸い込んで、ふくらんだのかなって」

わかるようなわからないような、笹ちゃんらしい浮世離れした言葉だった。わたしにわかるのは、間違いなく彼のパンは、笹ちゃんのサンドイッチにぴったりだということだけだ。誰もが馴染んだ、ごくふつうの具材や料理が、新鮮な食事になる。笹ちゃんがサンドイッチにかける魔法に、川端さんの夢でふくらんだパンがそっと力をそえている。そんなことをわたしは想像した。

「あきれてる？　蕗ちゃん」

「いーえ、笹ちゃんらしいと思っただけ」

わたしは、夢を見るのが苦手だ。これといった才能もないし、どうしてもやりたいこともない。高校も大学も入れるところへ行き、就職も高望みはせず、最初に内定をくれたところに決めた。分不相応なことを望まなければ、大きな失敗もしないはずで、それでよかったのだ。

でも人生には、想像もしなかった落とし穴がある。ぬるく生きていると、考えてもいなかったことが起こったとき、どうしていいかわからない。そういうときに強いのは、きっと、突拍子もない夢を見られる人なのだろう。

「川端さんとは対照的に、小野寺さんは、浮世離れしてるよね。いい歳してマペットで語るし、事務所はおもちゃだらけだし」

「そうね、小野寺さんは、たぶん徹子さんと同じタイプね」

猫がご主人の生まれ変わりだなんて言うのだ。

「小野寺さんも、不思議なことを信じちゃうほう？」

「信じるっていうか、そういう感性を楽しめる人？」

笹ちゃんはキッチンへ入っていき、戸棚の引き出しから何やら取り出して戻ってきた。手紙に同封されていた写真を、笹ちゃんはわたしに見せる。

ひとりの老婦人が写っていた。ツイードのスーツにピンクの帽子、真珠のネックレスという上品な服装で、背後には大きな客船が写っていた。クイーン・エリザベス、という文字が読める。

「もしかしてこれ、徹子さん？」

「そう。ここに店を開いた年にもらった手紙なの」

「本当にクイーン・エリザベス号に乗ったってこと？　いや、ちょっと待って。これって神戸《こうべ》港じゃない？　寄港したときに撮っただけじゃ……」

きっとそうだ、港で写真を撮るだけなら簡単だ。

「どっちが本当の徹子さんだと思う？」

笹ちゃんはおっとりと問う。わたしは意味がわからずに首を傾げた。

「病気で入院してるのか、クイーン・エリザベス号で遠い国を旅してるのか」

「川端さんは、入院してるって言ってたよね」

親戚《しんせき》だし、徹子さんが元気に世界旅行を楽しんでいるなら、そんな勘違いはあり得ないだろう。

「でも、徹子さんにとっては、これが本当の自分なんだと思うの。ご主人と約束した旅行のために、店を閉めて、友人知人にお別れをして、去っていったの」

本当のことは、事実と同じではないのだろうか。

コゲがいつのまにか、笹ちゃんの足元にお座りしている。餌をねだってニャアと鳴く。

「はいはい、ごはんね。ちょっと待っててね」

ドライフードをお皿に入れて、コゲのための小さな台の上に置く。それからもうひとつ持ってきたお皿もドライフードの隣に並べた。

刻んだローストチキンが入っている。しかしコゲは、ドライフードばかりを食べて、チキンには見向きもしない。もったいないなといつもわたしは思うのだが、笹ちゃんはときどきそんなふうにチキンをコゲに食べさせようとする。

「ねえコゲ、どうしてチキン食べないの？　おいしいよ、これ。売れ線なんだから」

しゃがみ込んで話しかけるわたしを、コゲはきっぱり無視してくれる。

「うーん、どうして食べないんだろうね」

「笹ちゃん、コゲはチキンがきらいなんじゃないの？」

「そんなはずないよ。だってこれは、徹子さんとの約束なんだもん。コゲはチキンが大好きだから、ときどき食べさせてあげてねって」

「そうだったの？　じゃあ、少しでも食べたことある？」

笹ちゃんは悲しそうに首を横に振った。

「徹子さんからしか食べないのかも。コゲは、ここでずっと待ってるの。徹子さんにまた会えるのをね」

首の後ろを撫《な》でられると、コゲは食べるのをやめて笹ちゃんをじっと見た。どうして徹子さんは帰ってこないのと、問いかけるかのようだった。

「大丈夫よコゲ、徹子さんはきっと会いに来てくれるから」

納得したのか、また餌を食べはじめる。

「徹子さんは、チキンサンドが食べたいって言ってたな。わたしがサンドイッチ屋をはじめるって話したら、ローストチキンのサンドをつくってほしいって、きっと食べに来るって約束したのに」

徹子さんもまだ、チキンサンドを食べていない。コゲは、彼女といっしょに食べたいのかもしれない。

＊

パンがおいしいことは、よい食事の基本だと思っています。レストランでもご家庭でも、パンで満足度は大きく変わるはず。朝のベーコンエッグを、楽しみな御馳走にできるかどうか、パンにかかっていると思いませんか？　だから僕は食パンにこだわっています。食パンは、ジャムやスプレッドを塗ったり、料理をのせたりはさんだり、そのままで食べるというよりは何かと組み合わせるパンですから、僕は完成品をつくっているわけではありません。そこが楽しいというか、やりがいを感じますね。様々な食卓に受け入れられて、存在感を持てるようなパン作りを心がけています。

肥後橋《ひごばし》にある川端勇《いさむ》のベーカリーは、このところメディアに取りあげられることも多い人気店だ。しかし勇は、人気に振り回されることなく、丁寧なパン作りを続けている。スタッフを増やして、店を大きくしてはどうかという声もあちこちからかかるが、今は考えていない。

昔から小さい店を持つのが夢だった。地域の人に親しんでもらえるような、そんなパン屋がいい。

勇がまだ小さかったころ、大叔母はすでに未亡人で、親戚でささやかれる噂は派手だとか奔放だとか、かけおちして勘当されたとかよくないことばかりだったが、祖母の葬式で見かけたときは、想像していたよりずっとやさしそうな雰囲気で意外に思ったものだった。

それに、祖母より十歳以上若かったはずだが、祖母に似ていて、勇は初対面という気がしなかったのだ。

親戚の集まりというのは、中学生だった勇にとってとにかく窮屈で、黙って座っていれば学校のことや成績のことやあれこれ詮索《せんさく》される。逃げ出して、ぶらぶらと離れに行ったところ、縁側に腰掛けていたのが大叔母だった。

引き返すのも妙だし、黙って通り過ぎるのも子供っぽい。困った勇に、大叔母のほうから話しかけてきた。

「退屈になった？　まあ座ったら」

勇は言われたとおり、大叔母から少し距離をとりつつ縁側に腰掛けた。

「勇くんやろ？　もう中学生なんや」

これまで、親戚のどんな集まりにも見かけなかった人が、勇の名前を知っているのが意外だった。

「将来は何になるん？」

「まだ考えてへん」

両親は公務員で、勇も漠然と、同じような仕事につくのだと思っていたが、まだまだ遠い話でしかなかった。

「パン屋さんになりたいんと違うん？　そんで、部活でパンをつくってるんやろ？」

たしかに勇は、小学校のころからパンをつくる子供サークルに参加していたし、今は調理クラブ員だ。その中の、パン・菓子班でパン作りに熱中していた。放課後のおいしそうなパンの匂いは、隣にあった小学校のころから知っていたし、窓から見えるクラブの様子はあこがれだった。

野球が好きな父には、ずっと野球部を勧められていたため、ずいぶん文句を言われたが、今は部活動が楽しくてしかたがない。

「なんで、僕の部活とか知ってるん？」

「部活はさっき小耳にはさんだの。パン屋さんになりたいっていうのは、おねえさんから。あんたのおばあさんが、そんな話をしてた」

祖母は、家を出たというこの大叔母と、ときどき会っていたのだろうか。縁を切ったと噂には聞いていたから意外だった。

「おねえさんはなあ、わたしを身内の恥やと思ってたけど、いつも気にはかけてくれてたんよ。うちの旦那さんに会《お》うてくれたんは、おねえさんだけ。そやから、身内に会うのはいややったけど、おねえさんだけにはお別れ言いとうてな」

ベールのついた黒い帽子が表情を隠していたが、大叔母の全身が姉の死を悼んでいた。

「旦那さん、イタリア料理のシェフでね。腕、よかったんやけど、店大きくしようとして、友達にだまされて、失敗してしもた。それで元気なくして病気になって……。もう、食欲もないし味もよくわからへんってときに、わたし、がんばってローストチキンをつくったんや。旦那さんがつくるローストチキンが、いちばん好きで、二人でよく食べたから、教えてもらったレシピ通りにね。旦那さん、出来映えをほめてくれたけど、もう一口も食べられへんかってん」

「……食べんかて、おいしいのはわかってたんちゃう？」

大叔母は、勇のほうに顔を向けた。ベール越しでも、おばあさんと言っていい年齢でも、目鼻立ちのくっきりした美人だっただろうとわかる。彼女は大きな目をやさしく細める。

「勇ちゃん、あんたはええ子やなあ。お父さんとお母さん、自慢の子やって言ってたもんな」

そうして大叔母は、勇の頭にそっと手を置いた。幼い子供にするみたいだと、頬が赤くなるのを感じたが、一瞬だけ触れた手がやわらかくてふわふわしていて、不思議に思うほうに気を取られた。一見、骨っぽくてしなびた手なのに、どうしてあんなにやわらかいのだろう。

目には見えない、綿のようなもので包まれているのだろうか。綿よりも、もっとしっとりして、いい匂いがして。まるでパンのようだった。

勇のよく知っている、焼きたてのパンと手の感触が重なった。彼女の中には、誰も知らないけれど、ステキなものばかりが詰まっている。濃厚なバター、まろやかなミルク、香り高い小麦……。

「そんな、ええ子やないよ」

「ううん、わたしにはわかるんや」

やがて勇は、両親の反対を押し切って、パン作りの道へ進んだ。大学を勝手にやめたとき、母は泣いた。一人前になるまで家へ帰れなかったし、父はいまだに、まともに口をきいてくれない。

代わりに勇をささえてくれたのは、金銭的にも心理的にも大叔母だった。

取材の記者が帰ると、入れ替わりにドアをたたく者がいた。小野寺だ。

「もう店は終わってますけど。パンも売り切れました」

「いや、ちょっと話があってな」

「これから仕込みなんで」

「すぐすむからさ」

小野寺とは、かれこれ十年のつきあいだ。大叔母の店で顔を合わせたときから、やけになれなれしく接してくるようになった。高校の同窓生で、三つ先輩だと判明したが、先輩風を吹かされたくはなくて、ついそっけなくなってしまう。

「徹子さん、どんな様子？」

入院している大叔母のことを知りたかったようだ。自分で会いに行けばいいのに、と勇は思うけれど、そうすれば大叔母の夢を壊すことになるから行かないのだという。親しい人たちに、クイーン・エリザベス号に乗ると言って店を閉めた徹子の言葉を、なぜかみんな、全力で信じようとしている。

親戚とは縁が切れている徹子を見舞うのは、勇だけだ。

「笹ちゃんに言ったのと同じですよ。一進一退。いや、もう悪くなる一方かな」

「そうか」

小野寺は、彼らしくないほど淡々とそう言った。

「お見舞いは僕だけだし、友達に会いたくないかって訊《き》いても、まだ旅を続けたいなんてバカなことを言うだけだし」

徹子自身が、まだクイーン・エリザベス号に乗っているつもりだからやっかいだ。

「僕にも、次に港に着くまで来なくていいなんて言うし」

「ほんなら川端くんは、港に着くたびに会いに行ってる設定やな」

「ときどき、どこまでまともなのか、ちょっとぼけてるのかわからなくなりますよ。ステキな紳士に声をかけられたとか、今夜のダンスパーティに青いドレスを着るんだとか」

「徹子さんらしいわ」

「でも、彼女の乗っている船は……」

いつか港を出たきりになる。言えずに勇は口をつぐんだ。

「川端くんは、このままひとりでパン作りを？　毎日夜遅くまでやってるんやろ？

大変やな」

　立ち話のまま、小野寺は店内を見回しながら話を変える。彼に気を遣われるのは不本意だが、これ以上、やせ細った大叔母の顔を思い浮かべたくはなかったから、問いに答えることにした。

「販売スタッフがいますから、僕はつくるのに専念できますし」

「パン作りに関してはきびしいらしいやん」

「僕がですか？」

「職人を雇っても、すぐやめるんやろ？」

　そのとおりだった。こだわりが強く、うまく人にまかせられないため、経験のある相手ほどうまくいかない。かといって、慣れていない職人志望にはイライラさせられる。

　小野寺はどういうわけか顔が広い。地元の情報をどこで聞きつけてくるのだろう。

「川端くんさ、一生懸命になりすぎるんとちゃう？　もっと力を抜いても、変わりなくいいパンがつくれると思うんや」

「ほっといてくださいよ」

　ついぞんざいな口調になってしまうが、小野寺は気にしない。

「うん、これはひとりごと。僕の知り合いで、パン作りを勉強したい女の子がおってな。いい子やで」

このごろは何かと、職人にスポットが当たることが多く、職業としてあこがれる若者も増えているという。料理人も、シェフだのパティシエなど人気の職業に取りあげられたりもする。

けれど誰でも、華やかに見える人ほど、当然ながら努力と苦労を重ねているし、安っぽいあこがれだけでできるわけじゃない。

勇だってまだ完成しているとは思わない。人を雇って、店を広げたい気持ちももちろんある。百貨店から商品を置かないかと打診されながらも、現状ではつくる数を増やせないし、かといって別のパン屋が出店しているのを見るとなんとなくあせる。

「失敗したくないんです。人を増やして、たくさんつくってたくさん売れば、店を大きくできるけど、きっと味が落ちる」

「落ちるとは限らんやろ」

自信がないのだ。自分は石橋をたたいて渡るタイプだ。地道に進まないと失敗するだろう。調子に乗って失敗したら……、勇はいまだに、父の存在におびえている。

父は、勇が失敗するのを待っている。被害妄想かもしれないが、そんなふうに感じてしまう。

やっと店を持ったときも、そんな小さな店すぐにつぶれると言ったし、ちょっと人気が出てきたときも、人気なんて一時だけだと決めつけられた。だから自分は、失敗はできないのだ。

「失敗したり後悔したり、人生波瀾万丈《はらんばんじょう》でも、クイーン・エリザベス号に乗って旅ができるんて、うらやましいなあ。徹子さんは無敵や」

大叔母は、玉の輿《こし》のつもりでかけおちした相手がどん底に落ち、親戚中から嘲笑《ちょうしょう》された。クイーン・エリザベス号も空想に過ぎない。うらやましいなんてどうかしている。心の中でそうつぶやきながらも、大叔母が無敵なのはわかるような気がした。

だから、小野寺のこともうらやましい。

小野寺は自由人だと思う。大叔母と同じ、根っからの自由人、きっと、今したいようにするだけで先のことは考えないし、後悔することもない。

現実はどうでも、空想するだけで幸せになれる。

「あの、そろそろ僕、仕事を」

「ああ、そやな」

小野寺は小脇にかかえていた紙袋を、勇に差し出した。

「やるわ」

「何ですか?」

「絵本」

それだけ言うと帰っていった。

＊

アームチェアの上でコゲは熟睡している。伸びきったポーズで、後ろ脚がアームチェアからはみ出したまま。寝返りを打ったら落っこちないか心配だ。落ちたことないから大丈夫、と笹ちゃんは言う。

店内の掃除と、コゲの寝床のバスケットも掃除を終えたわたしは、棚に飾られた絵本を何気なく手に取った。わたしがここへ来る前から棚に飾られている。何冊かは外国の絵本だが、ひとつだけ日本語だと、今ごろになって気づいたのだった。

タイトルは、『おかあさんどこにいるの？』。表紙には黒い猫が描かれている。少し首を傾げた、やせ細った子猫だ。ぱらぱらとページをめくると、子猫がお母さんをさがす話だとわかる。

「ねえねえ笹ちゃん、この前の小野寺さんが言ってたコゲちゃんの話、この絵本から拝借したんじゃない？」

公園で子猫が鳩に襲われるシーンがあった。助けたのは公園をすみかにするトラ猫で、いっしょにお母さんをさがしてくれるというのだ。

「うん、それ読んだとき、どっかで聞いたような話だと思った」

ローストチキンをオーブンに入れながら、笹ちゃんは笑う。

「でもたぶん、コゲちゃんの話はうそじゃないと思うよ。だってコゲちゃんは、鳩を見るとひどく威嚇するもん」

そういえばコゲは、鳩をきらっている。犬やカラスなら近づいてきても気にしないが、トラウマがあるのはたしかだろう。わたしはその先のページを開いた。

トラ猫は、子猫のお母さんを見つけたといっては、いろんな猫に引き合わせるが、どの猫も、「わたしの子じゃない」と言う。困ったトラ猫は、今度は人間のおばあさんを連れてきた。子猫は驚きおびえるが、トラ猫は言う。おばあさんは本当は猫で、魔法でこんな姿になっているのだと。子猫はだんだん信じるようになっていく。そんなおばあさんと子猫の生活は、ときにはおばあさんが巨大な猫になったり、子猫が人間の子供の姿になったりといったイラストで描かれていて、微笑ましくも楽しい。

あるとき、おばあさんが言う。おまえはわたしの恋人の生まれ変わりかもしれないね。あの人も、ローストチキンが大好きだったのよ。

またどこかで聞いたような話に、あれ？　とわたしは考え込んだが、笹ちゃんの声に引き戻された。

「蕗ちゃん、ジャガイモのゆで具合見てくれる？」

「はーい」

途中で本を閉じ、棚に戻すとわたしはキッチンへ駆けつける。ジャガイモに串を通してゆで具合を確かめて火を止める。ざるにあげて、熱いうちに皮をむく。

「あの絵本、笹ちゃんが買ったの？」

「ううん、もらったのよ。小野寺さんに。開店したときだったかな」

小野寺さんは、絵本をたくさん持っているようだった。阿部さんも借りていたではないか。鳩が苦手な絵本の子猫とコゲが似ていたから、あれを笹ちゃんにあげたのだろうか。

「ねえ、あの本にあったローストチキンのエピソードだけど。コゲもローストチキンが好きなのよね？」

「そう、絵本と同じよ。生まれ変わりの話もね」

「旦那さんもローストチキンが好きだった？　だから徹子さんはコゲを、旦那さんの生まれ変わりだと思ったの？　それって、とりあえずおなかがすいてただけで、そこにあったのがチーズでもカツオブシでも、コゲはかぶりついたんじゃない？」

「うん、そうかもしれない。だけどコゲにとって、ローストチキンは何かとくべつな意味があるのよ。そうじゃなかったら、いつでも誰があげても食べるはずでしょう？」

笹ちゃんのは、味や匂いが徹子さんのチキンとは少し違うからかもしれない。

「あ、チキンが焼けたみたい」

タイマーのアラームが軽やかに鳴る。笹ちゃんがオーブンを開けると、香ばしく焼けたチキンの匂いが広がる。

「わー、おいしそう。これって、焼き方は徹子さんの旦那さんがつくってたチキンと同じなの？」

「そう。ここまではね」

皮はパリパリと香ばしく、中はふっくらとジューシーに焼き上げたチキンは、冷めてもおいしく、サンドイッチにぴったりだ。

「旦那さんのローストチキンは、特製のトマトソースで食べたんだって」

どんなトマトを使ったのだろうと、わたしは想像する。さっぱりした酸味の、サラダのような味わいが残るソースもいい。しっかり煮込んだ、あまくてとろとろの濃厚なソースもいい。

「徹子さんはいつも、店の奥の小さなキッチンで、お昼ご飯をつくってたの。それで、たまたまローストチキンをつくったとき、匂いに惹《ひ》かれたのか子猫がやってきて、食べたそうにじっと窓から覗《のぞ》き込んでたんだって」

「それがコゲちゃん？」

「そう、なぜか、ローストチキンを焼くと現れるから、食べさせてあげたそう」

「もしかして、トマトソースのチキンを？」

「ううん、ソースはコゲちゃんには食べられないもん。オニオンが入ってるから」

「そっか。じゃあやっぱりチキンだけを食べたのよね」

コゲがいつのまにか、店とキッチンの間にある小窓からこちらを覗き込んでいる。ローストチキンの匂いがして、起き出してきたのだろうか。チキンの匂いが気になるのはたしかなのだ。

けれどコゲは、匂いを嗅《か》ぎながらしきりにあたりを見回している。何かをさがしているかのように。

チキンの匂いがする場所にいるはずの人がいないのは、きっと淋しいに違いない。

わたしは薄く窓を開けて、コゲをそっと撫でる。あまえるように、わたしの手のひらに頭を押しつけるコゲは、誰かの手のひらを思い出しているのだろうか。

「ねえコゲちゃん、どうしてチキンを食べないの？　笹ちゃんのチキンじゃダメなの？」

まるで質問の答えを考えているかのように、コゲはじっとわたしの顔を見て首を傾げていた。

「蕗ちゃん、徹子さんに会いに行こうか」

わたしが笹ちゃんのほうに振り返った隙に、コゲはふいと窓から下りて、自分のバスケットに戻っていく。

「旅から帰ってきたら、サンドイッチを食べに来てくれるって約束だったじゃない？なのに徹子さん、出かけたままで」

体を悪くして店をたたんだ徹子さんは、結局それから、来られるような体調ではないということだろうか。

「一度くらい、食べてほしいから」

「でも、どうやって会うの？　クイーン・エリザベス号に……乗ってるわけでしょ？」

そう信じてほしい徹子さんは、今の自分を人に見られたくないのではないだろうか。

「……そうよね」

笹ちゃんは頬に手を当てて考え込んだ。

「徹子さんの夢を壊さないように、会うことってできないかな」

わたしには不可能なことに思えたが、笹ちゃんは急に笑顔になって手をたたいた。

「そうだ、蕗ちゃん、わたしたちも彼女の夢に入っちゃえばいいのよ」

「えっ、どうやって？」

疑問で頭の中がいっぱいになったとき、ドアをたたく音がした。笹ちゃんが先に動き、店のドアを開ける。暗くなった外の公園は、ところどころで街灯がともっている。

木々のずっと上のほうには月が懸かって、さっき見ていた絵本の、閉じる前のページがそんな絵だったと思い出した。

絵本は途中までしか読んでいない。そのページでどんなふうに物語が展開したのか知らないけれど、絵だけはまだまぶたの裏に残っている。ラストの絵の中で、月夜に訪ねてきたのは白い猫だった。

「あら、こんばんは、川端さん」

絵本ではなく現実には、ドアの外に立っていたのは川端さんだった。明るいベージュのジャケットに白いシャツは、ちょっと白猫と重なった。

「すみません、夜分に突然」

川端さんは、それからどう言おうか悩んだように頭をかいた。

「あの、コゲはいますか？　ええと、この絵本を見てたら、徹子さんとコゲとのことみたいで、急に会いたくなって」

彼が手に持っていたのは、さっきわたしが見ていたのと同じ絵本だった。

「もしかしてそれ、小野寺さんから？」

「そうなんです。急に店へ来て、やるって置いていって」

小野寺さんは、あちこちでこの本を薦めているのだろうか。

「まあどうぞ、お入りくださいな」

バスケットの中でこちらをじっと見ていたコゲに、川端さんは歩み寄る。

していた。

「なあコゲ、徹子さんに会いたいなあ」

理解しているかのように、コゲはめずらしく、川端さんに撫でられるがままじっと

「この絵本の物語は、成長した猫が子猫のころを思い出してるってことなんでしょうか」

川端さんは絵本をテーブルに置く。わたしが紅茶を淹《い》れて勧めると、彼は丁寧にお礼を言って腰をおろした。ひとしきりコゲと接して、落ち着いたようだった。

「子猫のころの思い出話、ですか?」

笹ちゃんもわたしも、そんなふうに考えずに読んでいたので、意外に思いながら問う。

「〝お母ちゃん〟と過ごしたことを思い出して、なつかしんでる、そういう物語なのかなと思ったんです。お母さんは人間の姿だったり、猫の姿だったり、そんなふうにゆらぐのも、子猫の記憶だからかなって」

なるほど、そんなふうに読めなくもない。

「最後の月夜のシーンがなんだか淋しいし、そんな中で新しい出会いがあるっていう暗示なんじゃないかな。黒猫のシルエットも、ここでは丸っこい子供じゃなくて、大

人のすらっとした体形になってません？」

「そういえば……」

最後のページで白い猫に出会う黒猫は、たしかに大人っぽい。

「思い出と暮らしてたんですね」

笹ちゃんは、しみじみとそう言った。

「でもこれからは、新しい仲間と暮らしていく、そういうことでしょうか」

川端さんは頷《うなず》きながら、バスケットの中のコゲを見た。

「コゲも、思い出の中にいるのかと思って」

だから、大好きなチキンを、徹子さんがくれるのを待っている。たぶん、昨日も一昨日《おととい》も、コゲの記憶の中は三年前と重なっていて、徹子さんからチキンをもらって食べたのだ。もし別の人からもらったチキンを食べてしまったら、徹子さんとの時間が遠くへ去ってしまう。

「僕もコゲと同じで、取り残されたように感じているんです。いつか、クイーン・エリザベス号に乗せてあげたかったし、コゲはもっといっしょにローストチキンを食べたかったんだろうし」

いつもきりっとしていて熱心で、迷いなくパン作りに突き進んでいるような川端さんの、意外な面を見るようだった。

　そうして、川端さんがそんな一面を見せるのは、笹ちゃんだからだと思うのだ。笹ちゃんは、人を無防備にする力がある。

「徹子さんに会うのがつらいです。今の、徹子さんじゃなくて、昔の彼女に会いたいと思ってしまう」

　ここ数日、徹子さんの病状は悪く、親族や親しい人には今のうちに報《しら》せたほうがいいと病院から連絡があったそうだ。もともと親族は徹子さんを見舞うつもりもないし、親しい知人とは、旅に出ると言って別れをすませたつもりの徹子さんのことを知っているから、川端さんは誰にも報せるつもりはなかったが、自分さえ会いに行くのを迷ったそうだ。

　少し前に、徹子さんにはもう来なくていいと言われたらしい。次の寄港がいつなのかわからないから、と。

　川端さんが見舞いに行って、夢を壊されるのがいやなのか、それとも、元気な徹子さんに会いたいと思う川端さんの気持ちを推し量ってか。どちらにしろ川端さんは、自分が会いに行っても、徹子さんはよろこばないのではないかと思ったようだ。

　危険な時期はいったん脱し、今は落ち着いているそうだが、会いに行くべきかどうかわからないままだという。

「寄港先、どこですか？」

話を聞き終えて、笹ちゃんは言った。

「え？」

「わたしたちが、徹子さんの空想の中に入っていけばいいんです。会いに行きましょう。わたしも、会いたいと思ってたところなんです。だから川端さん、わたしたちを連れていってくれませんか？　徹子さんのクイーン・エリザベス号、どこに寄港させましょうか？」

「どこにって……、でも」

「徹子さんの好きな場所とか」

戸惑いながらも、川端さんは考えはじめた。

「そうですね……、あ、ナポリとか。旦那さんが行ったことがあって、いつか行ってみたいって話してたことがあります」

「いいですね。じゃわたし、サンドイッチを持っていきますね」

まるでピクニックにでも出かける相談をしていたように、笹ちゃんは明るく微笑んだ。

その日は、ピクニックにはこれ以上なくふさわしい晴天だった。徹子さんは、話に聞いていたよりも調子がよさそうで、わたしたちにはずっと笑顔だった。

おやまあ、笹ちゃんも来てくれたの？　うれしいわあ。妹さん？　蕗ちゃんっていうん？　ふたりでサンドイッチのお店かあ、ええなあ。この港、どこやっけ。ああそう、ナポリな。あんたらもナポリまで来たなら、おいしいトマトソースのピザを食べてみてや。わたしの旦那さんは、ここで食べたトマトソースに惚《ほ》れて、自分の店でも出してたんや。わたしはローストチキンにトマトソースをかけるのがいちばん好きやった。

勇くん、この前、来なくていいって言ったけど、あのあとなんか淋しなってしもてん。パン屋さんの仕事、休ませたらあかんと思ってな。スタッフがいる？　ホントかなあ。あんた人にまかせるの下手やん。そりゃわかるよ。勇くんのパンはいつでも完《かん》璧《ぺき》や。全部自分でつくらんと気がすまんやろ？

徹子さんはよくしゃべった。車椅子に乗って談話室の大きな窓から外を眺め、ナポリの夕陽はきれいだと目を細めた。旦那さんに聞いていたとおりだと言った。

夕陽を眺めながら、笹ちゃんがつくってきたサンドイッチをみんなで食べた。もちろんパンは、川端さんの食パンだ。

おいしいなあ、笹ちゃんのローストチキンサンド。うちの旦那さんにも食べさせたいわ。あの世に持って行けへんかな。勇くんのパン、こんなにチキンに合うとはね。

徹子さんは、ほんの一口だけだったけれど、本当においしそうに食べてくれた。

笹ちゃん、ありがとうね。勇くんのパンと旦那さんのチキンを出会わせてくれて。

不思議、出会うはずのなかったものやけど、こんな奇蹟《きせき》があるなんてね。笹ちゃんのソースもええなあ。チキンもパンもよろこんでるわ。

川端さんはあまりしゃべらなかった。感情がもれてしまわないように、こらえているように見えた。

勇くん、ゆっくりパンをつくったらええよ。急ぐことないんや。ゆっくり、あんたのパンをつくるんやで。

帰り際、徹子さんはそんなことを言った。

もしかしたらそれは、川端さんには別れの言葉みたいに聞こえたのではないだろうか。

自分の店を持ち、独立することを急いだという川端さんは、数年で話題のパン職人になった。一人前になった自分を徹子さんに見せるために急いだのだ。それをわかっていた徹子さんの言葉を、彼はどう受けとめたのだろうか。

また来るよ、と川端さんが言うと、微笑みを浮かべながら窓の外に目をやった。

こんどはどこの港に着くんやろ。船長さんに訊いとくわ。

病院を出たところで、川端さんは急に立ち止まった。すみません、とつぶやき、こちらに向けた背中が震えていた。

笹ちゃんは、川端さんに歩み寄る。突然にもその手を取るから、わたしは驚いてしまう。たぶん川端さんも驚いていただろうけれど、笹ちゃんは、そのまま念じるように目を閉じた。

「徹子さんの手、以前と少しも変わらなかったですよ。少し痩《や》せて見えましたけど、手は、ぽってりとしてふわふわの手でした」

さっき笹ちゃんが、徹子さんの手を握りながら確かめるように目を閉じていたことを思い出す。そして今、笹ちゃんは川端さんに、徹子さんの手の感触を伝えようとしているのだ。

「川端さんのパンみたいに、白くてやわらかくて」

川端さんも、笹ちゃんにつられるように目を閉じる。

「……そうですか。昔と、変わらないんですね。確かめればよかった……」

しみじみと、川端さんはつぶやいた。笹ちゃんはほっとしたように彼を見上げ、それから急にはっと我に返ったらしい。

「あ、ごめんなさい。わたし、出すぎたことを」

男性の手をしっかり握ったことに気づいたらしく、笹ちゃんは今ごろうろたえたように手を離した。

微笑ましく思いながらも、顔を赤らめる笹ちゃんに、わたしの頬まで赤くなってしまう。

「いえ、今、思い出しました。徹子さんは屈託なくて、こんなふうによく僕の手を握ってくれたけど、年頃だったから照れくさくて、いつも振り払ってばかりで。だけど今、笹ちゃんのおかげで、徹子さんの手がはっきりと思い浮かびました」

川端さんみたいな無敵のイケメンが、頬を染めて笑うのにも、わたしは妙にドキドキした。

＊

塩こしょうで味付けした、あっさりしていながら鶏肉《とりにく》の風味がしっかり味わえるロ－ストチキンは、徹子さんの旦那さんのレシピだ。同じように焼いたチキンで、笹ちゃんは『ピクニック・バスケット』のサンドイッチをつくる。

薄切りにしたチキンをたっぷり重ねて、パンとソースとの一体感のあるサンドイッチは、一口でおいしさが口いっぱいに広がる。

「うん、うまい」

めずらしく小野寺さんは、コロッケサンドではなくローストチキンサンドを食べていた。

「チキンはあんまり好きやなかったけど、笹ちゃんがサンドイッチにするとホントにうまいな」

たっぷりのレタスとトマト、濃厚なバジルのソース。小野寺さんがチキンサンドを食べたのは、徹子さんを偲《しの》んでのことだろう。

昨日、わたしたちは、川端さんから訃報を伝えられていた。この前、笹ちゃんと会いに行ってから、一週間しか経っていなかった。

「でしょう？　たまにはコロッケサンド以外も食べてみてくださいよ」

徹子さんにはもう会えない。けれど彼女は今も、船旅を続けているだけ。そんなふうにも思えるから、わたしたちはあえてそう信じている。

ランチタイムのために、わたしは出来立てのローストチキンサンドをショーケースに並べていく。

チキンの匂いに惹かれたように、コゲが足元にまとわりつく。

「どうしたの、コゲちゃん？　チキンが食べたくなった？」

「本当？　今なら食べてくれるかしら」

笹ちゃんが、チキンの切れ端を持ってキッチンから出てくる。コゲの前に置くと、熱心に匂いを嗅ぎ、それから顔を上げて、笹ちゃんとわたしと、一瞬だけ何もない宙を見つめて、チキンを食べた。

ゆっくりと味わうように、そして空っぽになった器をしっかり舐《な》めて、コゲは立ち上がるとしっぽをゆらしながら公園のほうへ出ていった。

「コゲにも何かわかるのかなあ」

窓の外、植え込みのそばで、蝶《ちょう》にねらいを定めているコゲを眺め、小野寺さんはつぶやく。しんみりした空気は、たぶん徹子さんが望むものではないだろう。だからか笹ちゃんは、からりと言う。

「徹子さんが来たんでしょう。コゲは、徹子さんを感じたから安心して食べたんじゃないかな」

彼女はもう、自由にどこへでも行けるのかもしれない。クイーン・エリザベス号でもナポリでも、この公園とコゲのそばでも、旦那さんと過ごしたなつかしい時間でも。

「さ、そろそろ行こ。ごちそうさん」

ノートパソコンをたたみ、小野寺さんが帰っていく。入れ替わりに、デート中といった雰囲気の若い男女が店へ入ってくる。ローストチキンサンドとタマゴサンドを買っていく。並木沿いのベンチがいいか、それともバラ園で食べるか、そんなことを話していたふたりは、アイスコーヒーも注文し、楽しそうに笑いながら出ていった。

徹子さんの旦那さんは、自分の店も仕事も失って、失意のうちに亡くなったという。

でも彼のローストチキンは消え失《う》せたりしなかった。

旦那さんのローストチキンは、徹子さんの手を経て笹ちゃんが焼いている。ここへ来てサンドイッチを買う人を、笑顔にしたりほっとさせたり、おなかいっぱいにしてまた働いたり恋をしたり、そんな元気を与えている。

ここにいた人の思いは、途切れることなくつながっていて、人の手から手へ渡っていくのだろうか。

ランチタイムに突入し、次々とやってくるお客さんに、サンドイッチを袋に入れて手渡しながら、ローストチキンのサンドイッチが売れるたびにわたしはそんなことを思う。

一段落して、ふと窓の外を見ると、コゲがどこかの白い猫と、くつろいだ様子で並んで座っていた。

「笹ちゃん、あの絵本って、本当にコゲちゃんのことみたいよね」

「たぶん、コゲちゃんがモデルなんじゃない？　小野寺さんが作者だもん」

「えっ？」

さらりと言うが、わたしには初耳だ。

「作者って、小野寺さんがあの絵本を書いたってこと？」

あわてて棚から絵本を取り出し、表紙を確認する。作・小野寺青心と書いてある。

「笹ちゃん、知ってたの？」

「蕗ちゃんは知らなかったの？」

笹ちゃんはそれこそ驚いたようだった。

「知らなかった……」

「作者名であれ？　と思うでしょ？　青心ってめずらしい名前だし、阿部さんが小野寺さんのこと青心さんって呼ぶじゃない？　で、阿部さんに訊いたら教えてくれたの。絵本作家だよって」

「そうだったんだ」

意外なのか納得なのか、小野寺さんのイメージがわたしの中で大きくゆらぐ。子供っぽい趣味の変な人、あやしいかもなんて疑って、申しわけないような。

「黒い猫が旦那さんの魂を連れてきたなら、白い猫は徹子さんの分身、なのかもね」

笹ちゃんは、絵本の黒猫と窓の外のコゲを交互に眺めて目を細めた。

ローストチキンを食べたコゲが、もう徹子さんが戻らないことを知ったなら。思い出から踏み出して、新しい生活をはじめようとしているのだろうか。

小野寺さんの絵本は、背表紙をよく見ると、二匹の猫が寄り添う姿が小さく描かれていた。

はんぶんこ

朝、まだ人通りも少ないころ、笹ちゃんとわたしは、天神橋《てんじんばし》にある自宅のマンションを出て店へ向かう。笹ちゃんのマンションに転がり込んで半年、地下鉄に乗ることもあれば、天気のいい日は自転車で走ることもある。市内のメインストリートでもある碁盤目になった道は、南北に走るものを筋、東西なら通り、と呼ばれていると、わたしはここへ来て知った。

堺筋《さかいすじ》からライオン橋を渡り、土佐堀通《とさぼりどお》りを通り越して西へ、御堂筋《みどうすじ》と四《よ》つ橋筋《ばしすじ》を横断すると、ビルの谷間に緑の空間が見えてくる。科学技術館の上に建つ赤いアンテナは、木々の上に突き出している。早朝とあって、公園内はとても静かだ。

わたしたちは自転車を路地側に止め、いつものように開店の準備をはじめる。

「おはよう、コゲちゃん。すぐごはんの用意をするからね」

寝床のバスケットからのっそり出てきたコゲが、わたしの顔を見てニャーと鳴く。笹ちゃんにあまえるときの声ではないが、名前を呼ぶと反応するようになった。このごろはわたしにも、少しは気を許してくれているようだ。

店の掃除をしていると、コゲのバスケットのそばに木片が落ちているのに気がついた。積木のように表面がなめらかで、ちょっといびつな形をしている。

昨日、閉店後に掃除をしたときにはなかったはずだ。

「なんだろ、これ」

「木のおもちゃ？　コゲちゃんが拾ってきたのかも」

天井に近いところにある猫ドアから、コゲは自由に出入りしている。室内の壁には、コゲが上り下りできるように飾り棚が置かれている。夜の間に、どこからか持ち込んだものなのだろう。よく見れば木片には、コゲが遊んで噛《か》んだのだろう牙《きば》のあとがついていた。

「あ、笹ちゃん、早くしないと」

「ほんとだ」

お互いの仕事に戻り、てきぱきと準備をこなしているうち、木片のことは頭から消えていた。

その日、最初のお客さんは、オープンの札をドア横に掛けるのを見計らったかのように店へ入ってきた。初老の男性で、伸びっぱなしのヒゲといい、登山でもするような大きなリュックといい、このあたりではあまり見かけない風体だ。

その人は、店をぐるりと見回すと、わたしに視線を定めて口を開いた。

「すみません、ここでは猫を飼ってますか？」

おだやかな口調だったが、サンドイッチを買いに来たわけではなさそうだというこ
とに、わたしは少し緊張した。

「はい。猫が何か」

「昨夜、猫がですね、上の小さな窓から、僕の魚をくわえたまま入っていったので…

…。あれを返してもらえないでしょうか」

「魚、ですか？……どんな魚でしょう」

「イワシです」

「はあ。生ですか？」

「生きのいいヤツです。こう、釣り上げたばかりみたいに、ちょっと跳ねるような感
じで」

この人、大丈夫だろうか？　首を傾げるしかないわたしに、笹ちゃんが助け船を出
した。

「もしかして、あれじゃない？　蕗ちゃん、ほら、木でできたあれ」

えっ、でも、イワシ？　と思いつつ、わたしはエプロンのポケットに突っ込んでい
た木片を取り出す。覗《のぞ》き込んだヒゲの人は、ぱっと笑顔になった。

「ああそうです、これです」

「これ、イワシなんですか？　目がないから、どっちが頭だかわからなくて。あ、そういえばこのへんが尾びれ？　ほんとだ、ちょっと跳ねたような形なんですね」

　想像力を豊かにすれば魚に見える。イワシかどうかはともかく、と思いながらもわたしが言うと、その人はうれしそうに頷《うなず》いた。

「これね、パズルなんですよ。僕がつくったものでして」

　リュックのポケットから、平らな箱を取り出す。そこにはいろんな形に切り出された木片が、ぴったりと組み合わさっておさまっている。タコやカニ、クジラ、サメ、と海の生き物でできたパズルのようだ。しかし真ん中にだけ空間があり、一見して跳ねる魚の形をしているのがわかる。

　わたしから受け取った木片を、ヒゲの人がそこにはめ込むと、きれいな一枚の板になった。

「わー、すごい。これが手作りなんですか？」

「ええ。古くさいおもちゃですが。そうだ、これ買ってくれませんか？」

　唐突にそう言う。申しわけなさそうだが、引き下がりそうにない強い押しを感じた。

「なかなか売れなくて、困ってるんです」

　どう断ろうかと悩むわたしの隣で、笹ちゃんが言う。

「おいくらですか？」

「笹ちゃん、買うの？」

つい反論口調になってしまうわたしを、なだめるように笹ちゃんは微笑む。

「だって、コゲちゃんが噛んだあとがあるでしょ？　だいじな商品なのに」

「あの、サンドイッチと交換してもらえればありがたいです。いや、あんまりおいしそうで。昨日から何も食べてないんですよ。このおもちゃをおさめた取引先へ集金に行ったら、夜逃げされてまして。本当に困り果ててましてね」

本当だろうか。しかし笹ちゃんは快諾して、サンドイッチをいくつか渡すと、ヒゲの人は何度も頭を下げつつ帰っていった。


「その人、あやしくないですか？」

午後になって、パンを届けてくれた川端さんが、話を聞いて端整な眉《まゆ》をひそめた。

「あやしいですよね」

わたしは同意しつつ身を乗り出す。笹ちゃんは人がいいけれど、わたしはどうにも、押し売りをされたみたいで納得できなかった。

「そのパズル、本当にコゲがくわえてきたのかな。猫ドアから放り込んだとか、その可能性だってありますよ。むりやり売りつけようと、開店を待ってたみたいじゃないですか」

「だけど、サンドイッチと交換しただけですから、高価な代金を支払ったわけでもないので」

そう言う笹ちゃんは、ずいぶん気前よく、サンドイッチをいくつも包んで渡していた。

「高額じゃないからこそ、だましやすいしトラブルにもなりにくいんですよ。だいたい、サンドイッチを買うお金もなかったってことですか？　ホームレスかもしれないし、やっぱり金品目当てって気がしますね」

「ホームレス……？　たしかに、大きなリュックを背負ってましたね。でも、不潔な感じではなかったですよ」

ひげ面ではあったが、わたしもホームレスだとは思わなかった。

「話し方が、関西の人じゃないようでしたけど」

「旅行者ですか？」

「いえ、旅人ってふうでした。旅行じゃなくて、旅」

「はあ……」

川端さんは、笹ちゃんのドリームに入っていけないことだろう。

木のおもちゃをつくって売りながら旅をしている。笹ちゃんはそういう、ほんわかした物語っぽいものに弱いのだ。

「わたしこれ、わりと気に入ったんです。タコもヒトデもかわいいじゃないですか。むりやり感が手作りっぽくておもしろいし、それにこのイワシ、イワシですよ。どうしてイワシだってことにしたんでしょうね」

「たしかに、サケでもマグロでもよさそうなのにね」

「サケっぽくはないんじゃない？　まあイワシっぽくもないけど」

「かろうじて魚だってだけですよね」

なのになぜイワシなのか、笹ちゃんの疑問に、わたしも川端さんも答えられそうにない。想像力の限界、というよりは、それを考える必要があるのかと思ってしまうのだ。たぶん、川端さんはわたしの気持ちに近いんじゃないかと思う。

「ねえ、川端さん、これ、魚なのにどうして目がないのかわかります？　タコやクジラには描いてあるのに」

笹ちゃんは、さらに独自の疑問を口にした。たしかに、顔のある生き物は、黒い点だけとはいえ目が描いてあるが、イワシにはない。が、描き忘れたとかそれくらいのことしかわたしには思い浮かばないし、やっぱりさほど重要なことには思えなかった。

「笹ちゃん、また来たりしても、買っちゃダメですよ。困ったら呼んでください。僕が撃退しますから」

川端さんも、目のことはきっぱりスルーした。それも王子らしくきりっとした口調とやさしい笑みでまとめるから頼もしい。

「おいおい川端くん、何いい人ぶってんの?」

水を差すのは小野寺さんだった。気候のいいこの時季、昼間は開けっ放している店のドアからこちらを覗き込む。

帽子を取って中へ入ってくると、コゲを見つけて「よお」とあいさつし、ショーケースを覗き込む。

「笹ちゃん、これ新作?」

「そうですよ。召し上がります?」

「タルタルソースか。ちょっと苦手なんや。やっぱりコロッケサンドにする」

小野寺さんの定番はぶれない。

「いい人ぶってるって、小野寺さん、ひどいじゃないですか」

川端さんは、むっとしながら言い返した。

「だって川端くん、ナルシストやろ?」

「えっ、そんなこと言います? 小野寺さんこそ、無邪気なふりして本当は腹黒いでしょ」

「なんや、今ごろ気がついたんか」

このふたりは仲がよくないのかと思っていたが、そうでもないようだとこのごろわたしもわかってきた。言い合う口調でも、お互い目が笑っている。

「小野寺さん、雨でも降ってました？」

マイペースな笹ちゃんは、掛け合いの最中でもかまわず、コロッケが揚がるのを待ちながら、のんびりと口をはさんだ。

雨？　とわたしは首を傾げる。外はどう見ても晴天だが、よく見ると、小野寺さんのジャケットは濡《ぬ》れていた。ズボンのすそのほうも水を吸って色が変わっている。

「ああこれ？　紙飛行機飛ばしてたら、噴水のところに落ちてん。いちおう裸足《はだし》になって、すそはめくって拾いに行ったんやけど、急に噴水がぶわーっと。しかし、濡れるとテンション上がるなあ。もうええわーって感じで」

「紙飛行機って、何してるんですか」

「もちろん、遊んでるんや」

やっぱり小野寺さんは、笹ちゃんと感覚が似ていそうだ。どこかちょっと、日常の視点がずれている。

「はい、コロッケサンドあがりましたよ」

「ありがとう、笹ちゃん。蕗ちゃん、コーヒーもな」

「はーい」

小野寺さんは、揚げたてをはさんだコロッケサンドを手に、いつものカウンター席に腰をおろす。

「なんでそんなにコロッケサンドが好きなんですか？」

川端さんは小野寺さんの隣に座り、不思議そうに覗き込んだ。

「好きっていうより、復讐《ふくしゅう》かな」

「うわー、ずいぶん物騒ですね」

またふざけてるんだろうと受けとめて、わたしは軽く返す。

「コロッケを食べると、あいつを見返してやったような気持ちになるんや」

小野寺さんは冗談めかして笑うが、なんだかちょっと苦しそうにも見えた。

「あいつって、そんなにきらいな人がいるんですか？」

「いるやろ？　蕗ちゃんにだってひとりやふたり、きらいなヤツ」

そりゃあいろんなことがある。けれどもう忘れた。毎日が充実していれば忘れるくらいのことだ。

「やっぱり小野寺さんは腹黒いですよ。少年の心を忘れない大人、みたいなふりしてるくせに」

川端さんがさっきの続きみたいにつぶやいた。

「子供は無垢《むく》だとでも思てんの？　少年の心を忘れてないからこそ、昔の恨みも忘れへんのや」

開き直って言い切ると、小野寺さんは大きな口を開けてサンドイッチにかぶりつく。その食べっぷりは、コロッケに対する復讐に見えなくもない。

「もっと味わってくださいよ、僕のパンやし」

「うまいよ。笹ちゃんのコロッケ」

「でしょうね」

と川端さんは肩をすくめる。

「いやいや、川端くんのパンも格別。コロッケだけじゃなくて、コロッケサンドやからうまいと思えるし、毎日食べたくなるんやろな」

素直にほめられると居心地が悪いようだ。川端さんは気恥ずかしそうに目をそらした。

「これはね、小野寺さんのお話を聞いて、つくりたくなったサンドイッチなんですよ」

笹ちゃんが得意げに言う。わたしにははじめて聞く話だった。

笹ちゃんはときどき、誰かのとくべつな料理をサンドイッチにはさみ込む。具材への思いや記憶もやさしくパンにはさんで、誰が食べてもなつかしいような新しいような、そんなサンドイッチをつくっている。

コロッケサンドは、小野寺さんからこぼれた言葉、彼の物語を、笹ちゃんが拾いあげたものだったようだ。

「そうそう、笹ちゃんは僕の復讐に協力してくれたわけ」

「平和な復讐ですよね」

川端さんが笑う。たしかに、サンドイッチを食べて、幸せな気分になることが復讐なら平和なものだ。

「小野寺さんの話って、どんなのですか？」

昔誰かに、好物のコロッケを横取りでもされたのか、なんてわたしは思いながら訊《き》く。

「ないしょ」

小野寺さんはもったいぶった。

「だんだん、このサンドイッチが僕の中のコロッケの記憶になっていってる。もう、いやなヤツのことなんて忘れかけてるわ」

「おいしいものは人を幸せにしますからね」

川端さんも、パン職人だけあって共感するところがあるのだろう。笹ちゃんも深く頷く。わたしはかすかな疎外感をおぼえ、無意味にショーケースを拭《ふ》いたりした。

わたしは料理人でもなく、コーヒーや紅茶をマニュアル通りに淹《い》れるだけだ。経理はわかるつもりだけれど、本当に笹ちゃんの役に立っているのかどうか、ふと疑問を感じることもある。

売り上げが少し伸びたからって、たぶん笹ちゃんにとって、幸せを感じるのはそこではない。わたしは本当に、ここにいていい人間だろうか。

妹だから。血はつながってないけれど、いちおうは。わたしと笹ちゃんを結びつけてくれるのはそのことだけだ。けれど急にその言葉が、たよりなく細いものに思えてしまった。

＊

笹ちゃんのいる大阪へ来る前、わたしは東京で働いていた。実家は千葉だったが、両親が北海道で新生活をはじめたため、ひとり暮らしだった。

ところが、突然勤めていた会社が倒産し、新たな就職先をさがさねばならなくなったのだ。以前の仕事は化粧品の販売で、これといって資格も持っていなかったため、仕事はなかなか決まらなかった。そんなとき笹ちゃんが訪ねてきて、サンドイッチの店を手伝わないかと言ったのだ。

久しぶりに会った笹ちゃんは、相変わらずおっとりのんびりしていて、まるで人ごとみたいに店は経営難だというのだ。ひとりで何もかもこなすのは限界だから助けてほしいと言われれば、わたしはすっかりその気になった。

笹ちゃんは感激してくれたし、飲み物を売るというわたしの提案も賛成してくれた。笹ちゃんにはわたしが必要なんだと思えた。子供のころ、笹ちゃんをいじめた近所の男子を撃退したのはわたしだった。今も、そんなふうにできると思っていたのだ。

でも、ピクニック・バスケットで働くほど、笹ちゃんとこの店は、自然と草が生えるようにここにあるのだと感じはじめている。わたしがいてもいなくても、多少経営難でも、木々の隙間に根を下ろした草花にふと目をとめた人が、踏まないように気をつけたり、乾いていれば水を掛けてくれたり、陽があたるようにと上の枝をよけてくれたり、そんなふうにしてずっと咲き続けているのではないだろうか。

わたしは、笹ちゃんに助けられたのに、まるで助けに来たかのように思い込んでいた。

笹ちゃんは最初、淀屋橋《よどやばし》でサンドイッチのワゴン販売をしていたという。知りあいのバーのオーナーが、ランチタイムに軒下を貸してくれたらしい。あたりのオフィス街が昼休みになる時間だけ、細々とはじめたサンドイッチの店だったのだ。

それから、たまたまサンドイッチを買った徹子さんが気に入り、常連客になり、タバコ屋を閉めるからそこで店をやらないかと持ちかけた。コゲを飼ってくれる人に店を貸したいとのことで、笹ちゃんの人柄を見込んで格安で貸してくれたらしい。

そんな幸運に恵まれ、そのうえ徹子さんの紹介で川端さんのパンにめぐり逢《あ》ったとき、これは運命だと笹ちゃんは思ったそうだ。

運命。そう、だからもし、不思議な力に導かれて、笹ちゃんの店がここにあるのなら。

わたしはお荷物みたいなものではないだろうか。わたしがいてもいなくても、笹ちゃんの店は運命に見守られている。

それでもわたしは、お荷物にならないようがんばって仕事をする。笹ちゃんがサンドイッチだけに専念できるよう、しっかり後方支援をしたい。

その日、銀行へ行った帰り道、店へ戻ろうと歩いていたわたしは、川端さんにばったり会った。

「あ、川端さん、配達ですか？」

「ええ、そこのレストランに行ってきたところです。これからディナーの時間ですからね」

「大変ですね。つくって届けて」

「近くですから。それに、僕のパンを使ってくれるお店を訪ねるのは楽しいんです。どんな雰囲気で、どんな厨房《ちゅうぼう》で料理をつくってるのかわかるから、パンのイメージもふくらみます」

人気が出ても変わらず、仕事熱心な川端さんには頭が下がる。

「笹ちゃんも、そんなふうにサンドイッチのことをいろいろ考えてるんだろうな。のんびりしてるように見えるから、一見わかりづらいですけど」

わたしたちは、どちらからともなく並んで歩き出した。

「笹ちゃんは、サンドイッチのことだけを考えてはないと思いますよ。僕なんかはパンで頭がいっぱいだけど、もっといろんなことが目に入って、サンドイッチとは無関係なこともサンドイッチになっていくんです」

そう言われれば、わかるような気がした。誰かから聞いた話、ちょっとした雑談が、笹ちゃんの中では風船みたいに大きくふくらんで、ふわふわと漂っている。時々それがはじけて、中からおいしいサンドイッチが出てくるような、そんな感じだ。小野寺さんの話からコロッケサンドをイメージしたというように、笹ちゃんは日常のいろんなことをおもしろがって、あたためながらサンドイッチをつくっていく。

「さすが川端さん、おいしいものをつくる人だから、笹ちゃんのこともよくわかるんですね」

恥ずかしそうに、川端さんは笑った。

「そう思ったのは、つい先日です。徹子さんのお見舞いに、いっしょに行ってくれたから。徹子さんの手を思い出させてくれた笹ちゃんは、料理人って言葉じゃ説明できない、奥が深い人だなと思ったんです」

笹ちゃんは、いきなり川端さんの手を握ったのだった。その意図を、彼は率直に受けとめてくれていた。

「川端さんがわかってくれてよかったです。笹ちゃんの突飛な言動、子供のころから浮くところがありましたから。でも、わたしはそういう笹ちゃんが楽しくて好きだったし、家族もそうでした」

ケセランパサランを見つけたという笹ちゃんと、いっしょに草むらを覗いたら、たしかにウサギの毛みたいなふわふわしたものが転がっていたことがあった。そっと拾い、話しかけたり、お菓子をあげてみたり、周囲を散歩して野良猫に会わせたり、わたしたちはひとしきり遊び、また草むらへ返した。

笹ちゃんはわたしより大きかったのだから、それがケセランパサランでないことくらいはわかっていたのではないだろうか。たぶん、物語を楽しんでいた。

わたしがそのことを家族に話せば、笹ちゃんもいっしょになって話し、お母さんは、ケセランパサランはおしろいを食べるんだと言ってわけてくれた。

ふつうなら笑われそうなことを、笹ちゃんは信じて、周囲も巻き込んで楽しむ。そんな才能があった。

「でもわたし、つまんない大人になっちゃいました。さっきの木のパズル、おもしろい物語として受けとめられなかった。笹ちゃんをしらけさせちゃったかな」

「そうかな。だまされたかもって話も含めて、笹ちゃんはおもしろがってるように思えましたけど」

そうだったのだろうか。わたしが身も蓋《ふた》もなく現実的なことを言っても、笹ちゃんは、つまらないと思ってはいないのだろうか。

「蕗ちゃんの反応は、笹ちゃんにはどんなふうだろうとおもしろいんだと思いますよ。笹ちゃんとは違っていて、どこか刺激されるんですよ」

大げさでもちょっとうれしい。

「そういう関係っていいなと思います。蕗ちゃんがいると、いつもと違う展開があるというか、明るくて楽しい空気になるって、僕は感じるんですよ。ピクニック・バスケットで小野寺さんに会っても、蕗ちゃんがいるようになってから、以前よりふつうに話せるようになりました」

「前は話せなかったんですか？」

「小野寺さんは気さくに接してくれるんですけど、なんとなく身構えてしまうというか」

わかるような気がして、わたしは笑う。川端さんも笑う。いっしょに笑っているのが不思議だった。

店へ戻ると、厨房にいた笹ちゃんが、こちらに顔を出しておっとりした笑みを浮かべる。

「蕗ちゃん、今日はもういいよ。わたし、もう少し下ごしらえしていくから」

笹ちゃんがそう言うときは、早めに店を出ることにしている。ひとりでじっくり試作したいときもあるようだから、じゃまはしたくない。

「じゃ、先に帰るね」

帳簿を片づけ、日誌は家で書くことにしてカバンに入れる。

「そうだ、シャンプー切らしてたからスーパーに寄るけど、何かいる？」

少し考えてから、笹ちゃんはスナック菓子の徳用サイズを希望した。なんとなく、新鮮なフルーツとか、グラノーラとかヨーグルトとか、間食するとしてもそういうものしか食べないかのように見える笹ちゃんだが、そんなことはない。いっしょに暮らすにあたって、食生活がかけ離れていないことは重要だ。

わたしたちは、顔立ちも性格も、趣味も雰囲気も似ていないけれど、食べ物の好みはよく似ていた。同じものをおいしいと思い、お菓子を分け合っていた。

笹ちゃんの好みが変わっていなかったことは、何よりわたしを安心させるのだ。

店を出て、自転車を路地から通りへと引っ張り出していたら、背後から声をかけられた。

「やあ蕗ちゃん、帰るところ？」

小野寺さんだ。さっき川端さんが言っていたことを思い出しながら、この人は無敵だなとふと思う。以前はそこが少し苦手だったけれど、だんだんおもしろく思えてきている。今日の小野寺さんの蓑虫《みのむし》模様のネクタイも、ついかわいく見えてしまう。このごろ、変なネクタイだなんて思わなくなったのは、彼の職業を知ったからだろうか。

「はい。小野寺さんも？　そういえば、ご自宅も近くなんでしたっけ」

「うん、徒歩圏内。これからちょっと飯でもと思ってさ」

「じゃあまだお仕事を？」

「いや、紙飛行機をつくるんや」

「それ、つくってどうするんですか？」

「区の紙飛行機大会に参加するんや。今度こそ優勝ねらうで」

そんなのがあるのか。

「小野寺さんは、単に子供が好きなんですか？　それとも、子供のころのなつかしいことや思い出にこだわりがあるんですか？」

「大人が紙飛行機好きやったらおかしい?」

「いえ……、でも、ふつうはあんまりいませんよね」

「僕はひま人やから」

「絵本を書いてるんでしょう? あ、小野寺さんの仕事、つい最近知りました。教えてくれればいいのに」

「絵本作家は世を忍ぶ仮の姿や」

またそうやってはぐらかす。が、笹ちゃんに彼が渡した絵本が店に飾ってあるというのに、今まで知らなかったなんて、鈍感な女だと思っていることだろう。

「紙飛行機が好きな大人も、子供もおるけど、ふつうの大人もいてへんし、ふつうの子供もいてへん。僕は、好きなことを好きなようにしてるだけやねん」

そのときわたしは、少しだけわかったような気がした。小野寺さんは自分のことをはぐらかしているのではない。彼にとって世の中、型にはめられるものなんてひとつもないのだ。絵本作家なのはたまたま、今日は紙飛行機をつくって、明日《あした》は何をしているかわからない。たぶんそれだけのこと。自分が何者か、これからどうするのか、きっちり決まっていないと不安なわたしとは違う世界にいる。

自転車を押しながら、わたしは小野寺さんと並んで歩いた。どこで食事をするのかわからないが、彼も同じ方向に歩いていたし、このままもう少し話をしたいような気分だった。

「好きなことをするって、案外難しいですよね。わたし、何がしたいのかわからないままここへ来て、今もまだ、笹ちゃんにあまえてるばかりで」

「なんで？　蕗ちゃんがいてこその『ピクニック・バスケット』やん。僕は蕗ちゃんのコーヒーがなかったら、もの足らんけどな」

小野寺さんは心底不思議そうに首を傾げた。

「メーカーのコーヒーですけど」

「そんなんはどうでもええ。蕗ちゃんは、楽しくないんか？」

「いえ、楽しいです。コーヒーや紅茶のこともっと知りたくて、いつか自分でこだわって淹れられるように、教室に通おうかなと思ってるし」

「ええやん」

「楽しいけど、わたし、疫病神だから」

「どういうこと？」

「前の会社、倒産したんです。じつは学生のころバイトしてたところも、二軒ほど」

感心したように、小野寺さんは「すごいな」と言う。

「でもそれ、蕗ちゃんのせいちゃうし」

「わたしもずっと、ただの偶然だと思ってたんですけど、笹ちゃんの店を手伝いだしてから、そのことが急に気になってきて。いいことがあると、思いがけない落とし穴があるんです。よく考えてみれば、これまでの人生、そんなことばかり」

彼氏ができて、すごくうまくいっていたはずなのに急にふられたり。何より、大好きなお姉ちゃんと血がつながっていなかったのはショックだった。

「あるある、僕も。いい感じになった女性に告白すると、彼氏がいるって急にどん底に突き落とされるんや」

「……それとは違うような気がします」

「そうか？　人生、そんなもんちゃうか？　会社がつぶれたから、蕗ちゃんはここへ来て、楽しいことをしようとしてるわけやし、単純に楽しめばいいやん。僕だって、ふられたからこそもっといい出会いがあるかもしれんって思ってる」

あまりに能天気で、わたしはクスリと笑ってしまったが、その瞬間にやさしい風が吹いて、たまっていた埃《ほこり》を吹き飛ばしてくれたようだった。

あれこれ考えてしまう前に、ここへ来て笹ちゃんといっしょに働いていることに感謝するべきなのは間違いないだろう。

小野寺さんは風みたいな人だ。あちこち好き勝手に漂って、わたしみたいなかたくなな心にもふっと吹き込んでくる。

悩むよりも、笑い飛ばしてしまうような小野寺さんなのに、コロッケサンドにまつわるきらいな人との間にはどんな話があったのだろう。

「あ、僕こっちやから。気いつけてな」

交差点で手をふると、小野寺さんは足早に横断歩道を渡っていく。

これからはもう、悪いことは起きないに違いない。わたしはそう考えることに決め、自転車をこぎ出した。顔を上げると、ビルにはさまれるように大きな月が顔を出していた。

お月さまのサンドイッチだ。どんな味がするのだろう。

笹ちゃんが公園のそばでサンドイッチ店をひらいた日、最初にやってきたのは小野寺さんだったという。そうしてショーケースを覗き込み、コロッケサンドはないのかと訊いたそうだ。

つくっておきましょうか？

いや、べつにええんや。

そんな会話だったとか、笹ちゃんから聞いたことがある。

それでも笹ちゃんは、コロッケサンドをつくった。小野寺さんは買っていった。それからずっと、彼は毎日のようにコロッケサンドを買っている。

笹ちゃんは、いつかどこかで食べたもの、知っている味、なつかしい料理、そんなものをサンドイッチにする。サンドイッチになると、それだけで料理の見た目が変わる。ほかの食材やスプレッドと合わせることで、色とりどりの目にも楽しい断面になり、味も変わり、印象も変わる。それでいてよく知っている料理でもある不思議なサンドイッチで、失いかけていた何かと再会し、新たな結びつきを得たような、そんな感覚になる。

小野寺さんもまた、笹ちゃんのサンドイッチで、コロッケとその記憶を塗り替えるような、思いがけない再会を果たしたのだろうか。

＊

あのヒゲの男性を再び見かけたのは、三日後のことだった。朝早く、公園のベンチに座り、何やら手元を動かしていた。

あやしい人だと思っていたし、また何か買わされそうになったら面倒だと、黙って通り過ぎるつもりだったのに、彼の手元にあるものを見て、わたしは思わず立ち止まっていた。

紙飛行機だ。紙を折ってつくった紙飛行機ができあがったのか、男性は顔を上げる。そのときわたしと目が合って、彼はゆっくりと笑顔になった。

「おはようございます。サンドイッチ屋のお嬢さん、でしたよね」

わたしは小さく頷く。

「おはようございます。それ、紙飛行機ですよね。変わった折り方ですね」

よくある単純な折り紙ではなく、かなり複雑に折ってあったし、なんだかすごく飛びそうに見えた。

「ああそう、僕が考えた紙飛行機なんですよ」

この前の木製パズルといい、おもちゃをつくるのが好きな人なのだろうか。それとも本当に、おもちゃの職人なのか。

「それも売り物なんですか？」

「いえ、ただの時間つぶしです」

誰か人を待っているのだろうか。なんとなくわたしはそんなふうに感じた。

「この公園も、変わりましたね。サンドイッチ屋さんのあるところ、タバコ屋じゃなかったですか？」

「あ、ええ。そうだったと聞いています」

「バラ園のところ、昔は階段状の観客席みたいなのがあったかと思うんですが……」

「本当ですか？　わたしは半年前くらいにこっちへ来たので、あまり詳しくなくて」

「円形のスタジアムでした。そうそう、テニスコートを囲んだ観客席でしたよ。昨日、そこでサンドイッチを食べようと思ってさがしてたんですけど、見つからなくて、何年か前に改装したと、通りかかったかたに聞くまで、公園の中を何周もしました」

「思い出の場所ですか？」

「思い出かどうか、ずっと忘れていたんですが、妻と子供と三人で弁当を食べたことがあります」

そのころと変わらない風景があるとしたら、空だけなのだろうか。彼は空のほうをじっと見上げた。

「コロッケサンド、おいしかったです。不思議と、昔食べたコロッケを思い出しました」

立ち上がり、彼は紙飛行機を空へ飛ばした。ふわりと風に乗って、それは遠くのほうへ飛んでいく。ずいぶんな飛距離だ。目で追っていると、木々にまぎれて見えなくなってしまう。

「わー、すごく飛びましたね」

「ええ。グラウンドに落ちたかな」

「知り合いが、紙飛行機に凝ってるんです。区の大会があるので参加するんだとか。今のを見たら驚きますよきっと」

「よかったら、さし上げますよ」

そう言うと、彼は大きなリュックの中から折り畳まれた紙飛行機を取り出した。飛ばしたものと同じだ。

「……いいんですか?」

「それは売り物じゃありませんから。今のは回収して帰ります。ゴミになってはいけませんからね」

言うと彼は、大きなリュックを手早く背負った。

「では、お元気で」

もうここへは来ないのだろうか。そんな口調だった。

何のためにここで時間をつぶしていたのだろう。待ち人は来なかったのか、それとも用事があって、ちょうどその時間になったから行くのか。

ただわたしの中で、彼があやしい人だという感覚は薄れていた。

もらった紙飛行機を、ゆっくり飛ばしてみる。すぐに落ちてしまう。飛ばす角度が悪かったようだ。

もっと水平に、ふわりと浮くように投げるのだと、自分に言い聞かせる。その感覚を、どういうわけかわたしは記憶している。紙飛行機はそうやって飛ばすのだと、子供のころの感覚が、しっかりと体に残っている。最後に紙飛行機を飛ばしたのがいつだったのか、誰とどんなふうに飛ばしたのかも思い出せないのに、不思議だった。

わたしの手を離れた紙飛行機は、ふわりと上昇していく。こんどはうまくいったと目で追う。緑の木々と青い空に、白い紙飛行機はくっきりと浮かんでいる。やがて放物線を描きながら落下していくそれを、わたしは駆け足で追いかけた。

＊

公園の木々の上を、白っぽいものが飛んでいた。すうっと流れるように放物線を描き、どこかに落ちたのか見えなくなる。青心は、目の前の大きな楠木《くすのき》に視線を戻し、赤い鳥居の前で柏手《かしわで》を打った。

朝の散歩に出ると、公園を横切る筋沿いにある楠永《くすなが》神社に立ち寄るのは習慣になっている。願い事をするでもないが、好き勝手に生きていながら、人並みにやっていけることを感謝して、なんとなく手を合わせているのだ。

不思議と、いい一日になりそうな気がする。

「青心さん、おはようさん」

声をかけてきたのは阿部だった。いつでも楽しげな足取りでこちらへ近づいてくる。

「おはようございます。阿部さん、今日はどちらへ？」

「ちょっとね、仲間と碁を打ちに」

「いいですね」

「そういや、紙飛行機はどう？　優勝ねらってるんやろ？」

このあいだ、阿部はいろんな紙飛行機をつくってきてくれた。なつかしいと昔のことを思い出しながら、折り紙の飛行機を折ってきてくれたが、昔のようには飛ばないと首を傾げていた。

「それが、今ひとつ飛距離が出ないんですよね」

「不思議やなあ。子供のころは、すごく飛ばせたような気がすんのに」

「体が小さかったから、昔と同じ距離でも遠くへ飛んだみたいな印象やったんでしょうか」

「そうかもしれへんな。この楠木も、もっともっと大きかったような気がするし」

広がった枝のはるか上のほうに、飛行機雲が浮かんでいた。

「子供のころにも、紙飛行機の大会に参加したことがあるんです。昔住んでいたところでもそんな企画がありまして。景品は、商店街の商品券で、僕にはどうしてもほしいものがあったんですよ」

「へえ、何がほしかったんや？」

「コロッケです。店の前を通りかかるといつもいい匂いがしてて、食べてみたかったんですよ」

「食べたことなかったんか。めずらしいな」

「母がきらいやったみたいで、食卓にのぼったことなかったですね」

「それで、紙飛行機の大会は？」

「優勝したのに、食べられへんかって。商品券、親父のやつが勝手に使ってしもてたんです」

子供ながらに、強烈な落胆と失望を味わった。その後のショッキングな出来事も、あのときの衝撃ほどではなかったと青心は記憶している。

「悪かったと、後日コロッケを買ってくれたのはええんやけど、僕にくれたのは、なんでか衣だけだったんです」

「ほう」

こんなんコロッケやない。そう言った青心に、これがコロッケだと父親は言い張った。コロッケは外側を食べるもんだ、と。

「母にはないしょだと、たまにコロッケを買ってきてくれるようになったものの、僕には衣だけ」

「それはまた、変わったお父さんやな」

「何やったんでしょう。いまだに理解できませんよ。貧乏な食卓だったし、コロッケは贅沢《ぜいたく》だって言いたかったのか。それにしたって、親父は中身だけ食べてうまかったんか」

阿部はもう、同情するよりもおかしそうだった。

「訊いてみたことは？」

「そのあと両親は離婚したんで、父とは縁が切れました」

「理由はわからんままか」

「自分勝手な人間だったんでしょう。僕も人のこと言えませんけどね」

自分が食べたいところだけ食べた。そうして、自分がしたいことだけしていた。だから仕事も収入も不安定で、どうしようもない親父だった。

なのに、なぜまた自分は、紙飛行機を飛ばそうとしているのだろう。コロッケサンドを食べるように、自己満足な仕返しなのか。

「また優勝するとええな」

阿部は軽く片手をあげ、立ち去る。見送りながら青心は、これは復讐ではなく、単にやり直したいだけなのかもしれないと思えた。

自分の紙飛行機がすっと空を切ってすべるように飛んでいくのは胸がすく。自分も翼を持ったかのように、わくわくする。

いい紙飛行機をつくった、誇らしい気持ちだけを胸に刻みたい。子供のころには、そんな単純なことができなかったのがくやしいのだ。

青心は、父のことはけっしてきらいではなかった。むしろ慕っていたくらいだ。友達のお父さんのように会社に出かけたりせず、よく遊んでくれたからだ。

優勝したら、コロッケいっぱい買える？

おう、買える買える。

そう言って青心の父は、紙飛行機をつくる息子を手伝ってくれた。いっしょに試行錯誤を重ね、勝てると思える紙飛行機をつくりあげた。なのに、景品がほしいと必死になっていた青心のことを知っていて、どうして勝手に使ってしまえるのだろう。青心は当時の父くらいの年齢になったが、思い出せばますます腹が立つ。大人のすることとは思えない。

一日中〝仕事部屋〟に閉じこもっていた父が、何をしていたのか実のところ青心はよく知らない。

家計をささえていたのは母だったのだろうけれど、パートの収入では生活が苦しかったのはたしかだ。父は、母になじられてもへらへらと笑っているようなところがあった。

家には子供がふたりいるようなものだったに違いない。キャッチボールでもテレビゲームでも、父は子供と一緒に遊びはじめると夢中になり、プロレスごっこでふすまを破ったりもした。

母は、父と青心とを交互に叱った。

青心は、一緒に遊んでくれる父が好きだった。青心を育てるために必死で働き、家にいない母よりも、父の方が好きだった。だから青心は、母に連れられて家を出たとき、父のことが恋しくなった。

会いに行こうとして、ひとりで父の元へ向かったが、後悔する結果になった。

あの人は〝父親〟なんかじゃなかった。そう気づいただけだ。

あれから、コロッケを食べる機会はあった。成長すれば、学校の帰りに友達と買い食いもしたし、親父に衣だけ食べさせられたなんてことも仲間内で笑い話にした。おいしいともまずいとも思わず、食べ盛りの腹を満たすもの、みんなが食べるから食べる、それだけだったように思う。事実青心は、ひとりでコロッケを買うことはなかったのだ。

その後コロッケに再会したのは、ピクニック・バスケットのサンドイッチだった。開店日だと知っていたので、コゲの様子を見に行こうと寄った。ショーケースに並ぶ色とりどりのサンドイッチが目に入り、いい店だと思った。

たっぷりの具をはさんでふくらんだパンが幸せそうだった。

「コロッケはないんやなあ」

何気なくそう言っていた。どうしてなのか、自分でもよくわからない。

「つくっておきましょうか？」

「いや、べつにええんや」

「コロッケ、お好きなんでしょう？」

にこやかに食い下がる女性店主は、徹子さんに聞いていたとおりの、しっとりしたパンに包まれたみずみずしいキュウリ、ふんわりした卵焼き、そんな雰囲気だった。

「いや……、子供のころに衣だけ食べさせられたから、いい思い出がないんですわ。おいしいものかどうか、よくわからへん」

「衣だけですか？」

「そう、衣だけ。それが僕の、コロッケにまつわる記憶」

初対面の人に、どうして衣の話をしたのかわからない。店と店主がつくり出す空気が、あまりにもおだやかで、ほっとさせてくれたからだろうか。

「すっごくおいしいコロッケサンド、つくりますよ。あ、すっごくおいしいコロッケじゃなくて、コロッケサンド。どうです？　食べてみたくなりませんか？」

たしかに、コロッケとコロッケサンドは、同じようでいて別物だ。

「そんなに好物じゃないものでも、サンドイッチにすると好きになることありません？」

「さあ、サンドイッチって、タマゴやハムのイメージやし」

それにしても、ショーケースの中にはカボチャやゴーヤ、茄子《なす》や紫芋と、思いもよらないような具材の、色とりどりなサンドイッチが並んでいる。

「衣だけのコロッケ、何のコロッケでした？」

彼女はまたも食い下がった。

「そりゃわからんわ」

「衣にもなんとなく味が染み込んでるじゃないですか」

「ソースの味しかおぼえてないな」

「ポテト系？　クリーム？」

「うーん、ジャガイモのほうじゃないかな。クリームコロッケってやつは、だいたい小さいし、形がちょっと違うやろ。楕円形《だえんけい》のふつうの形で、定番のやつやと思う」

「わかりました」

それですべての謎が解けたと名探偵が告げるように、彼女は納得しきった顔で頷いた。

結局青心は、おすすめだというタマゴサンドを買い、片隅にある見慣れたアームチェアに目をとめた。

徹子のタバコ屋にあった椅子だ。そこに錆色《さびいろ》の猫が寝ころんでいる。

「コゲ、きれいな家になったな。おいしいもんもいっぱいありそうや」

声をかけると、猫は薄く目を開け、すぐにまた目を閉じたがしっぽだけはゆったりと動かした。

「もしかして、小野寺さんですか？　徹子さんから聞いてます」

はっとしたようにそう言い、彼女は旧友にでも再会したみたいな笑顔になる。徹子は青心のことを、どんなふうに伝えたのだろう。少なくとも、調子のいい浮ついた男とは言わなかったようだ。

「ああ、清水笹子さん、やったっけ。僕も徹子さんに聞いてます」

淋《さび》しい人なんや、と徹子は言っていた。わたしの若いころみたいや。旦那さんに出会うまで、わたしはずっと孤独やった。まあわたしのことはええわ、贔屓《ひいき》にしてやってよ、と。

人懐っこくて明るい印象、何よりにぎやかでおいしそうなサンドイッチをつくる彼女は、淋しそうには見えない。

「またちょくちょく寄せてもらうわ」

「どうぞよろしく」

彼女が深々とお辞儀をすると、おだんごに結った髪から後れ毛がふわりとゆれた。首筋の細さに、青心はそのとき、彼女の心細さを見たような気がしていた。何をかかえているのか知る由もないけれど、塩辛い涙や傷を、真っ白なパンでくるんでいる。勝手にそんなことを妄想した。

そのとき青心は、彼女が青心の言葉から想像してつくるコロッケサンドを食べてみたくなったのだ。

楠木をまた見上げると、さっきの飛行機雲が薄れ、消えかけている。と、そこに重なるように、白いものが飛んだ。

ゆるく風に乗って滑空し、すべるように下降していく。

紙飛行機？

青心は神社を離れ、紙飛行機が落ちただろう方向へと急いだ。

＊

紙飛行機を追って、わたしは植え込みを回り込み、そこで足を止めた。芝生の上に落ちた紙飛行機を拾いあげた人がいた。

小野寺さんが振り向く。ひどく驚いたような顔をしている。

「小野寺さん、おはようございます」

「おはよう。これ、蕗ちゃんの？」

「さっき、公園にいた人にもらったんです。年輩の男性で、おもちゃの職人さんらしいんですけど」

手元の紙飛行機を、ひっくり返したり折り目を確認したり、小野寺さんは興味を持ったようだった。

「小野寺さんに見せたいなと思ってたら、これ、くれたので。ちょうどよかったです。あ、でも、もう少し早かったら会えたのに。紙飛行機を飛ばす秘訣《ひけつ》、訊けたかも」

「……その人、まだこの近くに？」

「もう行くと言ってました。まるであちこち旅してるみたいに、大きなリュックを背負ってて。この街を離れるみたいでしたから」

そうか、と小野寺さんはため息みたいにつぶやいた。

「研究材料になりますか？」

「うん、でも、自分の力でつくりたいんや」

「そうですよね。人のマネじゃ意味ないですね」

がっかりするわたしは、小野寺さんにはわかりやすかっただろう。子供っぽくてお調子者のようでいて、彼はとても人のことをよく見ている。

「でも、ありがとう。蕗ちゃんに紙飛行機のこと認めてもらえてうれしいよ。子供じみてるってあきれてたやろ？」

「え、わたし、あきれてました？」

「顔に出てたで」

わたしよりずっと大人で、人の気持ちがわかる人なのだ。

「すみません……。でも、自分で飛ばしてみたら、何だかスカッとするし、楽しいものですね」

「どんな人やった？」と小野寺さんは微笑む。笑顔のまま、話を戻して問う。

「どんな人やった？　その人、僕の親父かもしれん」

そうして、丘状になった芝生の上に腰をおろす。

「お父さん……ですか？」

驚いたわたしは、突っ立ったまま、間抜けな顔で問い返した。

「子供のころ、家には親父の仕事部屋があって、おもちゃをつくってた、らしい。今の僕は絵本を書いてて、資料にと思って集めたおもちゃが事務所にいっぱいあるけど、ふと気づいてな。親父の仕事部屋とそっくりや。あの部屋が好きやった。親父がつくる木のおもちゃも」

「木製のパズル、笹ちゃんが買いました。海の動物の。真ん中に魚がいるやつです」

「ああそれ、イワシやろ？　僕、子供のころイワシがきらいやったから、親父がくれたパズルの真ん中だけ捨てた」

小さくクスリと笑って、小野寺さんはまた口を開く。

「別の魚にしてくれればいいのに。そんなふうに親父とは、どこか噛み合わへんのや。

両親が離婚してから、ひとりで親父に会いに行ったことがあるけど、あのときも……」

彼の話をちゃんと聞きたくて、わたしは隣に腰をおろした。

「動物園へ連れていってくれて、おやつにコロッケを買って。はんぶんこしようって言いながら、衣だけくれた」

「衣？　コロッケの外側だけですか？」

「そうや」

小野寺さんはやっぱり笑って言うが、かすかに眉間《みけん》にしわを寄せた。

「いつもそうやった。僕には衣だけ。とにかくそのときは腹が立って」

こんなもんいらんわ！　ふつうにコロッケが食べたいんや！　と投げ捨てたという。

「駆け出して、しばらくして悪いことしたかなと思いながら戻ったら、親父はおらん。そこでずっと待ってたけど、日が暮れてきて、閉園時間になっても僕はひとりきりやった」

ひどいやろ。軽い口調にわたしは頷くしかない。

「結局僕は交番に連れてかれて、母親が迎えにきた。それから親父には会ってないな」

「お父さんは、どうして小野寺さんを置いて帰っちゃったんですか？」

「母のいる家へ帰ったと思ったらしいな。そうは言っても僕はまだ八歳で、動物園ははじめて行った場所、母の家からも父の家からも離れてたし、電車やバスを乗り継いでひとりで帰れるような場所じゃなかったんやけど」

「それで、お父さんのこと、きらいになりました？」

「結局ようわからん」

本当に不可解そうに、彼は首を傾げた。

「コロッケを食べたって、親父への当てつけにもなってない。ただ、食べながら思うんや。コロッケサンドやったら、親父も衣だけはずすのはめんどくさいし、コロッケがきらいな母親でも好きになったかもしれんし、家族三人で食べてたかもしれん、とかね」

それで小野寺さんは、笹ちゃんのつくったコロッケサンドを食べているのだろうか。理想の家族を思い浮かべながら。

たぶん小野寺さんは、コロッケサンドを食べることで、理由もわからないまま断絶していたお父さんに少しでも近づこうとした。でも、このままでは永遠に溝は埋まらない。

「あの、小野寺さんのお父さん、今ならまだ近くにいるんじゃないでしょうか。会えれば、コロッケの衣の理由、わかるかもしれません」

お節介は承知だけれど、ついさっき、お父さんの思い出話も聞いてしまったわたしは、言わずにはいられなかった。

「それに、お父さんは、小野寺さんに会いたくてここへ来てたんじゃないでしょうか」

「まさか。僕がどこにいるか知らんはずやし」

小野寺さんは頭を振る。

「いえ、知ってたんだと思います。だって動物のパズル。笹ちゃんが買ったってやつですけど、真ん中の魚だけ、木目が違ってたんです」

そうだ、小野寺さんは魚のピースを捨ててたと言った。イワシがきらいだったから、と。

「あれは、小野寺さんのパズルだったんじゃないでしょうか。お父さん、なくなったイワシのピースをつくり直して、今まで持ってたんですよ、きっと」

小野寺さんに渡したかったのかもしれない。

でも結局あきらめたのか、それとも。

「わたしたちのお店に小野寺さんが来るのを知ってて、もしかしたら目に触れるかもと思って、なんていうか強引に売って行ったのかもしれません」

「だとしたら、ほんまに何考えてるのかわからん親父やな」

小野寺さんは舌打ちして考え込んだ。けれどそれも、短い間だった。億劫《おっくう》そうに立ち上がる。

「用があるなら来ればいいのに、何で僕が追いかけなあかんのや」

「わたしもさがします。駅のほうじゃないでしょうか」

わたしたちは急ぎ足で公園を出た。

地下鉄の駅へ駆け込むと、すでにホームには電車が来ていた。閉まりかけたドア際に、大きなリュックが目にとまる。ヒゲの男がうつむきがちに、ポールに寄りかかっている。小野寺さんが声を発する間もなくドアは閉じて、ふたりでホームに駆け下りたときにはすでに発車してしまっていた。

「あれ、西梅田《にしうめだ》止まりですよね。お父さんも西梅田で降りるはずですから……」

追いかけるのはまだ可能かもしれない。大きなリュックを背負った彼は、歩くのも速くはないし、何より目立つ。

「ありがとう、蕗ちゃん、もういいよ」

地下のホームに響く電車の音も遠ざかったころ、小野寺さんは首を横に振った。

「親父、ずいぶん老けてたな。それに……、僕の絵本を持ってた」

ドアのガラス越しに、彼が本を手に持っているのはちらりと見えた。小野寺さんには、それが自分の書いた絵本だとわかったのだろう。

「子供のころ、一時期この西区《にし》に住んでたことがあって、靭《うつぼ》公園にも来たことがあったから、親父は絵本の風景でわかったんやろな。僕が今、この近くにおるってこと」

その本は、たぶん、コゲと徹子さんをモデルに書いた『おかあさんどこにいるの？』

だ。笹ちゃんがもらった絵本はピクニック・バスケットの店内にも飾ってあるし、子猫が鳩に襲われる公園の噴水や徹子さんのタバコ屋のたたずまいに、お父さんはなつかしくなったのだろう。

絵本にあったタバコ屋の建物は、サンドイッチ店になっていた。でも、タバコ屋と同じように、猫のいるサンドイッチ店だ。そこにパズルを置いていけば、もしかしたら小野寺さんの目にとまるかもしれないと、お父さんは考えたのではないだろうか。会いたかったに違いない。でも、会えなくても伝えたいことがあった。それは、小野寺さんに伝わったのだろうか。

「僕のことが、あの人の人生から消え失《う》せてなかった。それがわかったからもうええよ」

それから小野寺さんは、わたしの顔を覗き込んで眉根を寄せる。

「どうしたん、蕗ちゃんがそんな悲しそうな顔することないやん」

笑ってわたしの髪をくしゃくしゃと撫《な》でる。こちらが慰められてどうするんだと思いながら、階段のほうへと歩き出す小野寺さんのあとを追った。

「たぶん、コロッケのこといまだに引っかかってるんは、親父の気持ちがわからんかったからや。本当は父親になりたくなかったのか、僕がいないほうがよかったんかと考えてた」

お父さんの行動の理由はわからないままだ。でも、小野寺さんにとって重要なのはそこではなかったのだろう。

「もしそうだったら、コロッケは独り占めすると思うんです」

わたしのほうはというと、慰めにもなっていない。それでもなんとか、思いを言葉にしたかった。

「ふつうの大人もふつうの子供も、いないって言いましたよね。小野寺さんもお父さんも、ふつうの親子じゃなくても、間違いなく親子なんですよ」

伝わっただろうか。小野寺さんの横顔は、少しだけ泣きそうで、それでもどこか笑っているようで、わたしは伝わったような気がしていた。

「そうか、もしかしたら、分け合ったほうがおいしいんかな。たとえコロッケの身と衣でも」

「おいしいんですか？　衣だけって」

「食べてみる？　こんど分けたるわ」

「けっこうです」

ふだんのつんつんした受け答えになってしまったが、わたしはちょっとばかり食べてみたいような気がしていた。

＊

笹ちゃんは、小野寺さんの話を聞いてコロッケサンドをつくった。衣だけのコロッケを食べたと聞いて、衣もとびきりおいしいコロッケにしたという。

「えっ、本当？　このコロッケ、衣も特製なの？」

「そう。わりと衣厚めでしょ？　しっかりした歯ごたえにこしらえて、中のポテトはソフトにしたの」

パンと千切りキャベツとのバランスも考えて、食べ応《ごた》えのあるサンドイッチになっている。

朝の客が落ち着いた時間、ランチのために追加のサンドイッチをつくるキッチンで、わたしはコロッケを揚げている。揚がり具合を見て、笹ちゃんは指でまるをつくる。

揚げたてのコロッケを、あらためて試食してみると、たしかに衣がふつうのコロッケとは違っていて、サンドイッチにするために笹ちゃんが工夫したのだとよくわかった。

「小野寺さんに教えてあげればいいのに。とくべつな衣のコロッケだって」

「気づいてると思うんだけどな」

「何か言ってた？」

「ううん、でも、コロッケを食べるなら、一度くらい衣だけを取って食べてみたくなると思うの」

なるほど、衣だけ食べさせられてきた小野寺さんだ、衣だけ食べてみないわけがない。だからこそ小野寺さんは、笹ちゃんのサンドイッチに惚《ほ》れ込んだのだ。

そうして、お父さんが衣を自分に与えた理由を考え続けていた。衣はきっとおいしくて、衣だけも悪くないと思っただろう。

もし、衣だけくれたことが拒絶ではないとしたら、お父さんと再会はできなくても、近くまで来てくれたことで小野寺さんは納得できたのだ。

「それにしても、わからないな。小野寺さんのお父さんは、どうして衣と中身をわけるなんて、変なはんぶんこをしたんだろ」

「そうねえ、もしかしたらだけど……」

「笹ちゃん、何かわかるの？」

わたしは驚いて、コロッケを油の中に落としそうになった。はねたら大変だと、手元に視線を戻し、そっと鍋《なべ》に入れる。

「あくまで憶測だけど。小野寺さんはタルタルソースが苦手って言ってたでしょ？これまでも、マリネとかポテトサラダとか、手を出さないサンドイッチがあるの。タマネギが入ってるのよね」

「もしかして、タマネギきらい？　あれ？　でも、コロッケにもタマネギが入ってるよね」

「そう、だから、加熱したタマネギは平気なんじゃないかな。カレーとか肉じゃがとかはふつうに食べてるみたいだし」

「生のタマネギがダメ？　もしかして、そういうアレルギー？」

「うん、タマネギアレルギーは、加熱すると大丈夫な人が多いよね。ただ小野寺さんの場合は苦手なだけかも。見てると、すごく気をつけてる感じじゃないし、見た目で気づかない程度なら平気みたい。でもお父さんは、食べさせちゃいけないと思ってたんじゃないかな」

　白くてみずみずしい新タマネギを、笹ちゃんは薄くスライスしていく。向こうが透けて見えるくらいの、ひらひらしたタマネギを、さわやかなレモンでマリネにする。

「アレルギーじゃなくても、もしかしたら子供のころタマネギの入ったもので食あたりみたいになったことがあるとか、お父さんの中では、生かどうかに関係なく食べさせちゃいけないものだったんじゃない？」

「だったら、そう言えばいいのに」

「小野寺さんがコロッケにすごくあこがれてたから、夢を壊したくなかったのかも」

「衣だけは夢を壊すことにならないの？　はんぶんこ、って言えば、子供だからごまかせると思ったとか？」

「そうね。はんぶんこって、いい言葉よね。分け合うって、楽しそうだし、親しい人との間でしかできない、つながりを感じるっていうか」

わたしも子供のころ、笹ちゃんといろんなものをはんぶんこにした。みかん、たい焼き、アイスクリーム、チョコレート、ジュースもオムライスもはんぶんこにした。思えば、笹ちゃんとしかそんなふうにしたことがない。その記憶が、今でもわたしたちをつないでいるのだろうか。

小野寺さんとお父さんも、ちょっと変わったはんぶんこだけれど、そこでつながっていたのかもしれない。

「あ、蕗ちゃん、お客さんよ」

店のドアが開く。キッチンから出て行くと、小野寺さんが中へ入ってきたところだった。

「いらっしゃいませ。コロッケサンド、出来立てありますよ」

「うん、それとコーヒーな」

いつものように、わたしはコーヒーを淹れる。小野寺さんはアームチェアで居眠りしているコゲをあいさつ代わりに撫でて、飾り棚に目をやった。

木製のパズルが置いてある。正方形の枠の中に、様々な生き物の形をした木片が、ぴったりとおさまっている。小野寺さんは棚から手に取って、真ん中のイワシをそっと指先でなぞった。

「これ、目を描き込んでもいいかな」

「もちろんかまいませんけど。その魚だけどうして目がないんだろうと思ってたんです」

「ほかの動物も、目はみんな僕が描き込んだ。捨てたイワシのピースにも目があったはずなんや」

それをおぼえていて、お父さんはこのイワシに目を描いてなかったのだろうか。コゲが嚙んだために傷だらけだが、ほかのピースにくらべて木の色は新しい。

パズルの中から取りだして、小野寺さんは自分のサインペンで黒い目玉を木片に描き込んだ。絶妙な位置と大きさ、それだけで、かすかな表情が出て、愛嬌《あいきょう》のある動物パズルになる。

「はい、コロッケサンドとコーヒーです」

カウンターに置くと、小野寺さんはさっそくコロッケサンドを手に取った。切り口のコロッケをしみじみと眺める。

「衣、笹ちゃんのコロッケやったら、何の疑問も持たんとはんぶんこだと思えたかもなあ」

「あのう、それ、衣だけ食べたことあるんですか？」

返事の代わりか、コロッケサンドにかぶりつく。

「からっと揚がったパン粉やつなぎのタマゴ、それにソースの味が染み込むのも衣やし、わりと衣っておいしいものなんやな。むしろ中身だけだと味気ないかもなあ」

お父さんだって、できればまるごとのコロッケを食べたかっただろう。でもそれ以上に、息子と分け合いたかったのだ。食べちゃいけないと止めるより、はんぶんこがしたかった。

「蕗ちゃんと笹ちゃんは、よく似てるよな。お節介なところが」

唐突にそんなことを言うから、わたしは告白でもされたようにドギマギした。〝お節介〟を小野寺さんが好ましく思っているのがわかったからうれしかった。

「姉妹ですからね」

キッチンから出てきた笹ちゃんが言う。

わたしはたぶん、お節介な人間じゃない。人にやさしくするのは苦手で、素直に好意を示せない。けれど笹ちゃんのそばにいると、おだやかなやさしさがわたしの中にも流れ込んでくるようで、少しずつ笹ちゃんの空気にまじっていく。

自分の好きな自分に、なれるような気がするのだ。

「あ、パズルの魚、目が入ったんですね。小野寺さんが？」

笹ちゃんは、小野寺さんのそばにあるパズルに気づいたようだ。

「ああ、さっき蕗ちゃんに許可もらって。どう？」

「うん、完璧《かんぺき》です」

「このパズルも、小野寺さんとお父さんと、はんぶんこしてつくったようなものなんですね」

小野寺さんは一瞬意外そうな顔をし、それからぱっと笑顔になった。

「真ん中の魚、本当言うと、イワシって言い張ったのは僕や。親父とはじめて釣ったから。そやから飼おうと思ってタライに入れといたのに、学校から帰ったら、親父が勝手に丸焼きにしよった。そういやあのときも、はんぶんこしようってうれしそうに言ってきたっけな。そんで僕はイワシがきらいになって、イワシのピースも捨てたんや」

彼の中でお父さんは、どうしようもない部分ももう、親しみとなつかしさで語られる。

「子供みたいな親父やった」

はんぶんこってステキだ。

わたしもきっと、少しずつ、誰かに何かを分けてもらっている。

笹ちゃんだけでなく、小野寺さんや、川端さんや……。

二人組のお客さんが入ってくると、笹ちゃんが笑顔を向ける。散歩がてら、何度か寄ってくれている老夫婦は、ときどきはんぶんこしながらサンドイッチを食べるのだろうか。

わたしはショーケースのそばへ戻り、楽しそうにサンドイッチを選ぶ老夫婦を見守った。

おそろいの
黄色いリボン

日曜日の繁華街は、目が回りそうなほどの人込みだ。そこをかきわけてたどり着いた梅田のデパ地下は、人込みも忘れるくらいおいしそうなお菓子であふれ、わたしはつい目移りする。あちこちのショーケースを見定め、イチゴがたっぷりのったタルトをふたつ買ったものの、さらに見て回りながら、揚げたてのカレーパンの匂いにも惹《ひ》かれ、また買ってしまった。

そういえば、実家にいたころ笹ちゃんは、よくカレーをつくってくれた。わたしが小学校低学年のころ、高学年だった笹ちゃんは、すでに料理が得意で、共働きだったお母さんの代わりにしょっちゅう台所に立っていた。しっかり煮込んだカレーは深みがあって、おいしかった。

でも、わたしたちがいっしょに暮らすようになって八カ月、笹ちゃんはカレーをつくっていない。食事の支度は基本交互にすることにしているが、わたしがこれといった工夫もないカレーをつくってしまうから、笹ちゃんは違うメニューにしようと思うのかもしれない。

わたしには、カレーというと思い出すことがある。それは黄色いカレーだった。一見安っぽい感じのする、ターメリックそのままの色といったカレーは、給食のカレーにも似ている。一度だけ笹ちゃんは、そんな黄色いカレーをつくってくれたのだ。

あの日、両親が出かけていて、わたしは笹ちゃんと留守番をしていた。親戚《しんせき》の通夜があったとかで、笹ちゃんとはじめてふたりきりで一晩を過ごさなければならなかったのはおぼえている。

そうして、晩ご飯にと笹ちゃんがつくってくれたのが黄色いカレーだったのだ。

おいしかった。わたしはまだ八歳で、あんまり細かいことはおぼえていないけど、とにかくうれしくて、苦手だったニンジンも魔法がかかっているかのようで、ぺろりと平らげた。

どうして笹ちゃんは、あのとき黄色いカレーをつくったのだろう。家のカレーとは違うカレーを、わざわざつくったのだ。そうして、わたしがおぼえている限り、黄色いカレーを食べたのはあの日の夜だけだった。

笹ちゃんに訊《き》けば教えてくれるだろうか。ふだんは忘れているくらいの小さな出来事だから、これまで訊いたことがなかった。カレーパンを買ってふと思い出したけれど、数分後にはまた忘れているかもしれない、その程度のことだ。

今日はふたりで映画を見た。笹ちゃんが大好きなケンタくんの出ている映画だ。見終わったあと、笹ちゃんは本屋さんへ行っている。わたしはコスメを物色しつつ百貨店をぐるりと回り、地下の売り場を出たところだ。

待ち合わせの三番街へ向かおうと、ムービングウォークに乗ったとき、川端さんとすれ違った。お互いにあっと気づいたが、動く歩道の上では立ち止まれず、会釈だけしてすれ違う。川端さんは若い女性といっしょだった。

彼女はいない、と聞いていたが、川端さんならいつ彼女ができても不思議ではない。正統なイケメンだし、浮ついたところもない。今の女性はどういう相手だったのだろう。メガネをかけていたが、かなりの美人だった。

食べ物にこだわりのある者どうし、笹ちゃんには川端さんが合うんじゃないかと勝手にわたしは思っていたが、彼女ができたならしかたがない。

だとすると、小野寺さんの勝利？　でも、笹ちゃんは小野寺さんに興味がなさそうだ。

「蕗ちゃん、何ぼんやりしてるの？」

笹ちゃんが現れて、柱のそばに突っ立っていたわたしの肩をたたいた。

「わっ！　びっくりした」

「考え事？」

「ううん、さっき川端さんとすれ違って……。女の子といっしょにいた」

「違うよ。そりゃ川端さんはかっこいいけど、わきまえてますから」

「あ、カレーの匂い。もしかしてカレーパン？」

笹ちゃんには、川端さんの話題よりカレーのほうが気になったようだ。

「うん、つい買っちゃった。これね、冷めてもおいしいんだって。あたためるならオーブントースターでバッチリみたい」

「おいしそう。甘口かな、辛口かな？」

「わかんないけど、ぜったいおいしいと思う。匂いからして好きなタイプだもん」

「じゃあ今夜の楽しみにしよう」

「ねえ笹ちゃん、子供のころ、笹ちゃんが黄色いカレーをつくってくれたことあったよね」

忘れかけていたが、カレーパンで思い出したわたしは、今だと思いつつ訊いてみた。

「ああ、あったね」

歩き出しながら、笹ちゃんは頷《うなず》く。

「あのとき、どうして黄色いカレーだったの？　いつもの家《うち》のカレーじゃなくて」

「おぼえてないの？」

意外そうに、わたしの顔を覗《のぞ》き込む。

「なーんだ。ま、蕗ちゃんはまだ小さかったもんね。じゃあ、リボンのことおぼえてる？」

カレーの理由を聞きたいのに、話が違う方向に飛ぶ。

「リボンって？」

「おそろいの黄色いリボンを持ってたでしょ？　蕗ちゃんは髪が長かったから、三つ編みにしてリボンで束ねて。わたしは短かったから、一房だけ編んで結んでた」

そのリボンならおぼえている。笹ちゃんとおそろいのリボンをしていると、商店街でお使いをしていてもちゃんと姉妹だとわかってもらえてうれしかった。

面倒見のいい笹ちゃんは、わたしの友達ともいっしょに遊んでくれたり、アイスを買いについてきてくれたりしたのだが、そのときはどういうわけか、笹ちゃんに似た丸顔の友達のほうが姉妹に間違えられることが多かった。でも、おそろいはさすがに威力を発揮し、わたしは安心できたのだ。

「わたしたちのおそろいは、あのリボンだけ」

そういえばそうだ。

「蕗ちゃんが二年生のとき、わたしは五年生、おそろいの服とかもう無理だもんね」

だから、あのリボンが唯一のおそろいだったのだろうか。でも、いつどこで買ってもらったのか、思い出せない。おそろいのがほしいとわたしが言い出したのか、それとも笹ちゃんが？　なぜ、黄色いリボンを選んだのだろう。

「あのカレー、また食べたいな」

思い出せないから、わたしはむりやり話を戻す。

「そうねえ。リボンのこと思い出したらつくってあげる」

笹ちゃんはそう言い、わたしは首を傾げた。黄色いリボンと黄色いカレーには何か関係があったのだろうか。


川端さんが、今日も焼きたてのパンを持ってやってくる。そうして、無敵の笑顔を振りまく。わたしはうっかり見とれてしまいそうになる。

「あ、そうそう川端さん、川端さんのお家のカレーって、どんなのですか？」

そんな話題をふって、間抜けな顔をさらさないように気を引き締める。

「カレーですか？　うーん、ごくふつうの、市販のルーを使ったやつですよ」

「色は？」

「……カレー色？」

結局川端さんを困惑させてしまう。

「おもろいこと言うやん、一斤王子」

カウンターで黙ってノートパソコンを開いていた小野寺さんが、急に笑い出した。

「すみません、絵心がないもので」

少々むっとした様子で川端さんは言い返す。

「カレーは色とりどりやで。白いカレーも赤いのも、緑も黒もあるのに」

「うちのはありふれたカレーなんですよ」

「ところで、西野《にしの》さんどう？」

小野寺さんはひとしきり笑うと、急に話を変える。いつでも気まぐれだ。

「あ、ええ、よくやってくれてます。やる気あるしのみ込みもいいし」

「もしかして、新しい人が入ったんですか？」

「ええ、少しずつ、新しいことをはじめたくなって、スタッフも育てていかないとと思ったんです。そうそう、昨日会ったとき、いっしょにいた女性ですよ。小野寺さんの紹介で。百貨店で期間限定ショップを出すので、打ち合わせに行っていたんです」

そうだったのか。いちおう笹ちゃんの耳に入れておかなければならない。笹ちゃんは今、予約注文のパーティセットを近くのギャラリーに届けに行っていて留守なのだ。

頼まれもしないのに、わたしは笹ちゃんにお似合いの相手をさがしてしまう。笹ちゃんは苦笑するばかりだ。でも心の中で考えているだけでもわたしは安心できる。笹ちゃんにとって頼れる人がいてほしい。

「あの子、きびきびしてるやろ。それに、几帳面《きちょうめん》で細かい」

「こっちがちょっと気を抜いてると、急《せ》かされますよ」

その人は、どうやら笹ちゃんとは正反対だ。

「これで川端くんの神経質なところが目立てへん。よかったな、もっと人を雇えるで」

「小野寺さん、そういうつもりで彼女を推薦したんですか？」

「ま、西野さんは後輩にもきびしいからな。ヤワなやつは続かへんかもしれんけど」

親切なのか意地悪なのかわからない小野寺さんは、へらへらと笑う。

「で、蕗ちゃん、なんでカレーのことが気になるんや？」

小野寺さんはまた急に話を戻した。

子供のころに、笹ちゃんが黄色いカレーをつくってくれた。そのことと、唯一のおそろいだったリボンのことが関係あるらしいが何も思い出せないのだと、わたしはため息まじりに説明した。

「リボンのほかにおそろいがないっていうのが、何か意味があったのかなとも思うんですが」

「そんなに妙なことか？　妹にはお下がりがいっぱいあるからとか、三歳離れてたら、笹ちゃんはもう子供っぽい服やものはいらんとか、そういうんとちゃう？」

「小野寺さん、姉妹ってのはおそろいを着るもんです。三つくらいの年齢差ならふつうです。うちの姉ふたり、写真を見るとたいていおそろいのワンピースを着てますよ」

川端さんは得意げに言う。

「そっかー、お姉さんがふたりいるんですね」

「えっ、納得してくれるのはそこですか？」

「うん、なんか、わかる気がするわ。川端くんの、女への気遣いっていうか、扱い方ができてるっていうか。そういうんは男兄弟ではでけへん。だから王子なんやな」

姉妹はおそろいを着るもの。だから、おそろいのリボンがあるだけで、アイスのお店の人もわたしたちが姉妹だとわかってくれた。

でもわたしたちには、川端さんが言うような、おそろいの服を着た写真がない。

わたしたちが本当の姉妹じゃないからだろうか。

笹ちゃんが姉になったのは、わたしの父が今の母と再婚したとき。わたしが三歳のときだ。とはいえ、そのころのことはほとんどおぼえていない。わたしは生まれたときからお姉ちゃんがいるようなつもりでいた。

だから笹ちゃんとは、本当にふつうの姉妹だと思っていたのだ。

そのうえわたしは、ずいぶん長いこと、なんの疑問もなく笹ちゃんのお母さんを実の母だと思い込んでいた。実の母は病死した。うっすらと、入院する母を見舞った記憶はあるが、顔はおぼえていないし、その記憶も含め、すべてが新しい母と重なってしまっていた。

本当のことを知ったのは、笹ちゃんが高校を卒業し、調理の専門学校へ通うために家を出ていくことになった直前だったのだから、あきれるほど能天気だ。

母が本当の母でないのはもちろんショックだったが、それまでの関係はその後も変わらず、今でも気がねなく過ごしていると思う。

笹ちゃんとも、ずっと仲のいい姉妹だったし、変わらない。時々連絡を取り合い、親以上に悩みや進路を相談してきた。笹ちゃんが名古屋《なごや》のホテルに就職したときも、神戸のレストランで働いていたときも、なかなか会えなかったけれど、わたしのことを気にかけてくれていた。

大阪の、自分のサンドイッチ店へ呼んでくれたのも、失業した妹を心配してくれたからだ。

なのに、カレーの理由もリボンのことも思い出せなくて情けない。わたしはまた、ため息をつく。

「黄色いリボンの謎を解いたら、笹ちゃんが黄色いカレーをつくってくれるんか。よし、協力したる」

小野寺さんは、落ち込むわたしにピースサインを出してみせた。でも、他人に協力を頼むのはありなのだろうか。そもそも、わたしたち姉妹の昔の出来事を、小野寺さんがどうやって知るというのか。

「本気ですか？　でもどうやって？」

川端さんも大きな疑問を感じたらしい。

「笹ちゃんはおぼえてんのやろ。うまーく聞き出すんや」

得意げに言って、小野寺さんは足元のコゲを見た。

「コゲも協力するか？」

寝そべっていたコゲは、急に抱き上げられて抗議の声をあげた。

＊

午後、店を閉めると、明日《あした》の仕込みをはじめる前に気分転換しようと、笹子は外へ出て公園内を歩いた。散歩しようと蕗子も誘ったが、さっさと帳簿をつけてしまうんだと言い、事務処理に集中している。どんなことでもやるからには一生懸命な蕗子を、笹子は頼もしく思う。やる気が有り余っているらしい彼女は、帳簿を仕上げたら、今日は早く店を出て、コーヒーの講習会に行くらしい。

朝からの小雨が上がり、強い日差しが鮮やかな緑を際立たせている。並木道や木陰のベンチ、広場も、今の時間は人影が少ない。日中はもう、日陰でも蒸し暑いからだろう。

空いているベンチに腰をおろすと、ランドセルを背負った少女たちがふたり、はしゃぎながら笹子の前を駆けていった。あとから母親らしき人が日傘を差しながら歩いていく。ふたりは姉妹なのだろう。向日葵《ひまわり》の胸当てがついたおそろいのスカートをはいていた。

バレエかダンスでも習った帰りなのだろうか。ふたりともかわいらしく髪をおだんごに結っている。

手をつないでいる姿も微笑ましくて、つい目で追ってしまう。

おそろいの服はなかったけれど、自分たちもしっかり手をつないで学校へ行ったものだ。

親の離婚と再婚は、笹子にとってもまだ幼いころの出来事で、気がついたら新しいお父さんがいて、妹がいたという感じだ。

小さな蕗子は、当時、亡くなった母親のことをあまりおぼえていなかった。すぐにうち解けた笹子と母のことを本当の家族だと思ったのも当然で、その無邪気さに巻き込まれた笹子は、めずらしく人見知りしなかった。新しい父親と妹を受け入れるのに時間はかからなかったのだ。

それからも自分たちは、新しい家族にまったく違和感は持たなかった。友達の家と何ら変わらない、両親と姉妹の一家だったのだけれど、外から見ている他人には、連れ子どうしがいる複雑な家だったのだろう。

姉妹なのに似てないのね、とよく言われた。母は苦笑いし、その場にいた誰かが耳打ちすると、言った人は申しわけなさそうな顔をする。

「ううん、おねえちゃんとわたしはそっくりなの、ほら、お手々のしわがね！」

無邪気な蕗子が手を突き出すと、大人たちはほっとしたように笑う。その場が和む。手相が似てると、ちょっとそういうものに凝っている親戚が言ったことをおぼえていたらしかった。

今でも笹子は、つい思い出し笑いをしてしまう。そのとき、小野寺が前から歩いてくるのに気がついた。

「笹ちゃん、何笑ってんの？」

ひとりで笑っていたのが恥ずかしくて、思わず両手で顔を覆う。

「やだ、見てました？」

「いいことでもあった？」

「そんなんじゃないです。蕗ちゃんのおもしろいところ思い出しただけ」

「ああ、それはおもしろいやろな」

小野寺は何を思い出したのか、くすくす笑った。彼が抱いているコゲが、会話に入ろうとしたかのようにニャーニャーと鳴いた。

コゲの首には黄色いリボンが結ばれている。いや、蝶《ちょう》ネクタイみたいな首輪だ。と思うと、小野寺も同じような蝶ネクタイをしている。

「小野寺さん、そのネクタイ、どうしたんですか？」

「ああこれ、コゲとおそろいや」

彼は笹子の隣に座る。コゲは笹子の顔をじっと見て、ゆっくりとこちらのひざに移ってくると、まるくなってくつろいだ。

「やっぱ笹ちゃんがいちばんんか。飼い主やってわかってるんやな」

黒と茶色がまざるコゲの、ふわふわした首の後ろに結ばれた、やさしい黄色のリボンはなかなか似合っている。蝶々がとまっているみたいだ。黄色い蝶々、コゲは、いつも追いかけているあれが手に入ったかのようで、満足そうに目を細めている。

「おそろいって、手作りですか？」

「うん、似合うやろ」

「蕗ちゃんから何か聞きました？」

「なんでわかったん？」

「わかりますって」

「なーんや」と小野寺は両手を頭の後ろで組んで空をあおいだ。

「笹ちゃんの黄色いカレーって、どんなんやろ」

「たいしたものじゃないですよ。子供のころにつくったものだし」

「黄色いカレーってええよな。白いカレー皿に、赤い福神漬けがぱっと目を引いて。昔ばあちゃんが連れてってくれた阪急の大食堂、あそこのカレーを思い出すわ。笹ちゃんのはもっと黄色いんかな？」

どうして、カレーをつくることに条件をつけてしまったのだろう。蕗子は何もおぼえていないのだから、もう一度黄色いカレーをつくって、思い出話でもしながら食べればよかっただけのことだ。なのに、リボンのことを思い出したら、なんて言ってしまった。それにリボンだって、もったいぶって隠すほどの話でもない。

たぶん、蕗子を困らせたかっただけだ。笹子の役に立とうと一生懸命だけれど、そんなにがんばらなくていいのにと笹子は思う。姉妹なんだから、サンドイッチ店の手伝いは腰掛けでもいいし、居候したっていいのに。カレーもリボンも思い出せなくていい。ほかにもいっぱい、いっしょに過ごした思い出はある。

一生懸命な蕗子は、笹子が本当の姉だと信じていた子供のころとは違って、姉妹でいるためにがんばっているようにも見えて、笹子はちくりと胸が痛む。

もっと、好きなようにしていい。あまえればいいのに。意地悪せずに教えてよ！って言えばいいのに。

「笹ちゃん、蕗ちゃんはそのカレーが気に入らんかったんか?」

「……どうしてそう思うんですか?」

「もう一回つくんのに条件つけるなんて、めずらしいやん。誰かが食べたいっていうなら、笹ちゃんは無条件につくりたくなるはずや」

小野寺は鋭い。

「蕗ちゃんは、おいしいって。こんなの食べたことないくらいおいしいって言ってました」

「じゃあ、蕗ちゃんが食べたことのあるカレーをつくりたかった?」

本当に鋭い。人をよく見ている。

笹子には、蕗子が本当に食べたいはずの黄色いカレーはつくれないのだ。だから蕗子に難題を言った。おぼえていないのに、思い出せだなんて。

「笹ちゃんは、つくれるよ。蕗ちゃんが食べたいカレーを」

のんびりした口調なのに、妙に力強さがこもっている。

「サンドイッチがあるやん」

笹子は彼の横顔をじっと眺める。小野寺の視線は雲を追う。何だか楽しそうだ。

「昔馴染《なじ》んだ料理とは、味は違うんやけど、笹ちゃんのサンドイッチは昔を思い出す。パンにはさまれて、えらいべっぴんな食べ物になってんのに、なつかしい味の記憶が、そこから細い糸でつながって、糸電話みたいに震えて伝わってくる」

楽しそうな笑顔のまま、彼は笹子のほうに顔を向ける。

「笹ちゃんは、蕗ちゃんの好みはよくわかってるやろ?」

黄色いカレーのサンドイッチ。気づけば笹子は、レシピをあれこれと頭の中でこね回している。でも、蕗子の記憶にある味のことはわからない。

仕込みを終えて帰宅してもまだ、カレーのことで頭がいっぱいだ。でも、おいしいだけのカレーサンドをつくりたいわけじゃない。

蕗子はまだ帰っていなかった。笹子は、商店街で買った食材をキッチンのテーブルに置こうとし、ふとくずかごに捨てたカレーパンの包み紙に目をとめた。

昨日、帰ってから食べた。スパイシーだけれどしつこくない、まろやかなカレーだった。蕗子がこれを買ったのは、つい匂いに誘われたかららしい。無意識にも惹かれる何かがあったのではないだろうか。

包み紙にプリントされた店の名前を確認する。明日にでも行ってみようと思い立った。

コゲの寝床になっているバスケットの外に、黄色いリボンが落ちていた。拾いあげたわたしに、笹ちゃんがキッチンから顔を覗かせて言う。

「ああそれ？　小野寺さんがつくったコゲの首輪」

「ボロボロだよ。コゲがかじって取れちゃったのね」

「ホントだ。小野寺さん、せっかくコゲと自分のネクタイをおそろいにしたのに」

おそろいの黄色いリボンだ、小野寺さんは、さっそく笹ちゃんから情報を仕入れたのだろうか。

*

気になったが、笹ちゃんの前では訊けない。午前中、めずらしく小野寺さんが現れなかったこともあり、店を閉めたあと、わたしは彼の事務所を訪ねた。

ドアは開けっ放しで、ビーズ暖簾《のれん》の奥は相変わらずおもちゃでいっぱいだ。夏が近いせいか、色とりどりの浮き輪やビニールのイルカが行く手をふさいでいる。

「小野寺さん、いらっしゃいますか？」

仕事場のほうがよく見えないので、奥へ向かって声をかけた。

「おう、蕗ちゃん？　入ってきいや」

イルカをまたぎ、わたしは奥へ向かう。ソファに寝ころんでいた小野寺さんは、ムクリと起きあがり、くしゃくしゃの髪を手ぐしで整えながら、わたしに座るよう勧めた。

「すみません、コゲがこれ、ダメにしてしまいました」

わたしは、ボロボロになったコゲの首輪を見せる。

「かなり気に入ったみたいやな」

コゲは好きなおもちゃほどボロボロにする。

「つくり直すか。これに猫じゃらしみたいな紐《ひも》をつけて」

「あ、それよろこびそうです」

なんでもつくれるんだなと感心する。部屋にある木やブリキのおもちゃも、たぶんぬいぐるみも、小野寺さんの手作りだ。

「リボンのこと、笹ちゃんからは何《なん》も聞き出せんかった」

小野寺さんは、テーブルの上にあったスケッチブックを引き寄せながらそう言った。

「笹ちゃんは、一見おっとりして見えますけど、すごく意志が強いんです」

わたしはため息をつく。わかるわ、と小野寺さんは頷く。

「ところで蕗ちゃんは、笹ちゃんのとは別の黄色いカレーを食べたことある？」

「いえ、ないです。カレー屋さんへ行っても、黄色いカレーってあんまりないですよね」

「もう絶滅しそうやもんな」

笑いながら、小野寺さんは何か思いついたようにわたしをじっと見た。

「おそろいのリボンか。もしかして髪型もおそろいやったん？　小さいころからポニーテール？」

「あ、いえ、笹ちゃんはおかっぱの髪を一房だけ編んで、リボンを結んでました。わたしは長かったので、ポニーテールや編み込みで。髪型はおそろいじゃなかったんです」

なるほど、と考え込む。

「だから本当に、おそろいはリボンだけ」

「いやいや、蕗ちゃんと笹ちゃんにはもうひとつおそろいがあるやん」

そう言われてもまったく思いつかず、わたしは首をひねるばかりだ。小野寺さんは、ノートサイズのスケッチブックを開き、白いページに色鉛筆を走らせながら微笑む。

「笹子と蕗子、って姉妹らしい名前やで。どっちも身近な植物で、青々としたイメージとまっすぐ伸びたすがすがしさがある。そうやなあ、おそろいやけどちょっと色違いって感じ？」

笹と蕗《ふき》。どちらも植物の名前だけれど、おそろいだなんて考えたこともなかった。

草花を使った名前なんてよくあるし、だったら蕗は地味だなあと思ったくらいで、笹ちゃんのことも笹の葉とわざわざイメージすることもなかったのだ。

「姉妹の名前って、微妙に統一感があったりするやん？　桜と桃、みたいにどっちも花の名前やとか、『美』がつくとかさ。だから、笹子と蕗子って聞いて、ああ姉妹やなと思ったんや」

小野寺さんは、色鉛筆を置いて、スケッチブックをわたしに見せた。

さっと描いた笹と蕗の下に、妖精《ようせい》みたいな小さな女の子がふたりいる。手をつないで、笹と蕗の葉に止まる黄色い蝶々を見上げている。

急に、わたしの中で、緑の野原が広がる。蕗と笹の原っぱは、一面の緑色だ。黄色い蝶々が二匹、ひらひらと舞っている。

「おそろいの、名前……かあ」

偶然なのだからなおさら、わたしたちは姉妹になるべくしてなったのだ。そんな気がすると、わたしは水の底からふわりと浮かび上がるような感覚だった。

「この絵、もらってもいいですか？」

「ああ、もちろん」

スケッチブックから一枚切り取ってくれる。

「思い出せんかっても、笹ちゃんは蕗ちゃんの食べたいもの、ちゃんとつくってくれ

べていた。

絵本になりそうな絵にわたしは引き込まれ、小さな姉妹たちと同じように笑みを浮か
いよく伸びて、小さな姉妹はふんわりと宙に浮かぶ風船のように軽やかだ。そのまま
さらさらと描いていた簡単な線には、不思議な味わいがある。鮮やかな緑の草は勢
るんとちゃうかな」

単純なわたしは、すっかり楽しい気分で小野寺さんの事務所を出て、『かわばたパン』へ向かった。自宅で食べるぶんを取り置きしてもらっている。それを受け取ってから帰るつもりだ。

だいたいいつも夕方には売り切れで閉店している『かわばたパン』は、今日もどうやら売り切れたようだ。店の前にはそう書かれたボードが置かれていたが、わたしは磨《す》りガラスの入ったドアに歩み寄る。開けると、まだ中にはふっくらと香ばしいパンの匂いがたっぷりと残っていた。

「すみません、今日はもう閉店しましたが」

いつもとは違う女性の声だった。ショーケースそばにいたのは、この前川端さんといっしょにいたメガネの美人だ。いつもいる販売の人がいなくて、たしか、西野とい

う彼女が、調理着で店頭に立っている。

「こんにちは。わたし、『ピクニック・バスケット』の清水です」

「ああ、どうも。お世話になってます」

「パンドミーを取り置きしてもらってたんですが」

「はい、お待ちください」

彼女はあまり表情を変えずに、淡々としている。ショーケースの向こうにある棚からパンをとってきて、レジで袋に入れながら、何やらぼそりと言う。

「店長は今ちょっと手が離せなくて。お待ちになります？」

もしかして、一斤王子が目当てだと思われているのだろうか。

「いえ、パンを受け取りに来ただけなので」

わたしが答えると、意外そうな顔をされてしまった。

「そうですか。待ちたい人がいらっしゃるので、念のため」

「川端さん、ファンが多いですもんね」

「不思議ですね」

「えっ、不思議ですか？」

川端さんが〝王子〟と呼ばれるのに異を唱える人はそういないと思うのに。

「パンはすばらしいです。魅力的です。一度食べたら虜《とりこ》になります。でも店長は、案外フツーじゃないですか」

「はあ」

新入りなのにけっこう言う人だ。

「まあいい人なんですけど、モテるのが不思議で」

美人だと、人の顔に興味はなくなるのだろうか。わたしには謎だが、西野さんは真剣な顔でわたしの返事を待っている。

「パンがおいしいからだと思うんです。そこがステキだから、川端さんもステキに見えるんじゃないですか？」

ほう、と彼女はやけに感心したようにつぶやいた。

「そういう考えもあるんですね。わかりました。ありがとうございました」

「……どういたしまして」

わけがわからないが、いろんな人がいるものだ。勝手に納得しながら、わたしは支払いをして店を出た。

のんびり歩いていると、後ろから呼ぶ声がした。振り返ると、川端さんが走ってくるのが見えて立ち止まった。

「蕗ちゃん、落とし物」

手にした紙切れを、彼はひらひらと振っている。そばまで来て、差し出されたとき、わたしはそれが何なのかはっと気がついた。

「わー、すみません。せっかく小野寺さんにもらったのに」

「やっぱり小野寺さんの絵ですね。店に出たら、レジのところに落ちてて、笹と蕗の絵だし、たった今蕗ちゃんが帰ったって聞いたので」

「わざわざすみませんでした。よかった、この絵、すごくうれしくて。額に入れて飾ろうと思ってたから」

「あ、それから、伝言なんですが、さっき、西野さんが変なこと言ったでしょう？ついよけいなことを言ってしまったと反省してました。すみません、彼女、一部のお客さんに嫌味を言われたらしくてうんざりしてて。これまでここ、若い女性の従業員がいなかったから、目立ってしまったというか。ほら、販売の人はママさんだし」

川端さんと親しいのではないかと勘ぐられたのだろう。王子のところで働くのは、意外な苦労があるようだ。

「とにかく彼女は、純粋にパンを学びたいんだと、女性の常連客に訴えたかったようです。あやまっておいてほしいって」

「わたしは気にしてませんから。それで彼女、川端さんの魅力がわからないって、強調してたんですね」

「えっ、そんなことを？」

「あっ、……すみません」

つい口がすべった。うつむくわたしに、川端さんは、大丈夫ですと笑った。

「僕へのがっかり感は、以前も面と向かって言われましたから。もっとすごい人かと思ってたって。彼女、小野寺さんを尊敬してるんでそう思うんでしょうね」

小野寺さんは変わり者すぎる。だけど、とてもパワーがあるのはわかる。そのパワーで、見えなかったものを見えるようにしてくれる。わたしは、ふたつに折ったスケッチブックの絵を意識する。

「わたしにしたら、川端さんもすごい人、笹ちゃんもそう。ひとりでお店を持って、しっかりやっていけるんだから。わたしは、そういう人が近くにいて恵まれてるなって思うんです」

川端さんは、少し照れくさそうな顔をした。ほめられたときの反応がフツーかもしれないが、わたしにはがっかり感はない。

「そうだ蕗ちゃん、よかったらコーヒーでも。そこにおいしいお店があるんです。休憩時間だから、つきあってもらえるとうれしいな」

こういうスマートさも、西野さんにとってはフツーなのだろうか。

ビルの隙間に立つ狭いビルの、鰻の寝床みたいに細長いコーヒー店だった。こんなところに店があるんだと驚きながら、わたしは川端さんと並んでカウンター席に座った。

「蕗ちゃん、元気になりましたね」

間近でにっこり微笑まれると、ラッキーな気分になる。川端さんは色白だし、わたしなんかより肌がきれいなんじゃないだろうか。それにまつげも長くて、つくりものみたいだ。

「この前、そんなに落ち込んでました？」

最初は川端さんに会うと緊張したのだが、最近は、舞い上がったりせず落ち着いていられる。キレイだなあと心地よく観賞している。奇抜なところのない川端さんだからいいんじゃないかと思うのだ。

「いつもよりは。その絵のおかげですか？」

わたしは、コーヒーをかきまぜながら頷く。

「名前がおそろいだからって、これを描いてくれて。そしたら不思議とほのぼのとして気が楽になりました」

「小野寺さんはずるいなあ。こういうので人をたらしこんで」

「でも、笹ちゃんには通じてないような気がします」

「蕗ちゃんには通じたわけでしょう？」

ドキリとしたのは、当たっていたからだろうか。いつのまにかわたしは、小野寺さんに一目置くようになっている。ちょっと尊敬するときもあるし、個性的な風貌《ふうぼう》もかっこよく見えることもある。

でも、だからってわたしは……。小野寺さんはあきらかに笹ちゃんに関心があるのだし、だったらもう、笹ちゃんとうまくいってほしい。わりと気も合うのではないだろうか。

とにかくわたしは、笹ちゃんをささえられる人に、そばにいてほしいと思うのだ。笹ちゃんはお姉さんで、子供のころからべったりだったわたしを安心させてくれた。でも、笹ちゃんには、存分にあまえられる人がいただろうか。おっとりしているけれど芯《しん》が強い。笹の木のように、どんなに強い風にしなっても、自分の力で立っている。

そんな笹ちゃんだから、たまには力を抜いてほしい。わたしみたいに能天気にならなくていいけれど、小野寺さんには、人をやわらかくする、そういうパワーがあるのではないかと思うから。

「わたし、単純なんです。親切にしてもらうと、すぐにいい人だなーって思います」

「じゃあ僕も親切にしないとな」

川端さんだって、じゅうぶんに人タラシだ。小野寺さんみたいな器用な特技はなくても、王子顔でそんなふうに言われたら、どうしていいかわからない。わたしは、熱いコーヒーがほどよい温度になるのを待てずに口をつけてしまい、唇がひりひりした。

「リボンのこと、思い出せました？」

川端さんはおかしそうにわたしを見ている。猫舌なのがばれただろうか。わたしは、急いでカップを置き、首を横に振った。

「それがまだ」

「そのうち笹ちゃんが教えてくれるんじゃないですか？」

小野寺さんも同じようなことを言っていた。笹ちゃんはわたしの食べたいものをつくってくれるはずだと。

「でも……笹ちゃんの思い出なら、ちゃんと思い出したいなって」

「そうかあ」

「もしかしたら、笹ちゃんが買ってくれたリボンなのかもしれないし。そういうの忘れられたらちょっとショックですよね」

わたしは深刻な顔をしているはずなのに、川端さんはやっぱりちょっと笑っている。

「笹ちゃんと蕗ちゃんを見てると、僕はすごく安心するんです。そうそう、姉妹ってこんな感じじゃなあ、って納得したりして」

「お姉さんのことですか？」

「そういえば、ふたりの姉にもおもしろくない弟だって言われてましたね。姉たちは仲がよくて、いっしょに遊ぶのに、僕は仲間に入れない。オチがないからつまらないって」

「え、漫才ですか？」

「そんなノリですよ。外で遊んでも、ゲームをしてても、姉たちはボケとつっこみで話がはずむんです。僕はいちばん年下だから幼いのもあったけど、おもしろいことのひとつも言えない」

ため息をつく川端さんを見ていると、しょんぼりする少年が目に浮かんだ。

「そういえば笹ちゃんとは、漫才はなかったですけど、姉妹ならではのあうんの呼吸みたいなのはあったかもです。どちらかが叱られてるとき、どちらかがふざけてその場の空気をやわらげる、とか、お菓子を買ってほしいときにはふたりでねだる、みたいな」

「やっぱり。姉たちは、ケンカもするけど仲がよかったな。おもちゃを取りかえっこしたり、おやつをはんぶんこにしたり。でも僕にはくれない。まあ女の子のおもちゃとか、かわいい文具とか、そういうものをほしがる僕がどうかってところもあるんですが、姉たちと同じキティちゃんのシールがほしかったこともありましたね」

「シール！　持ってたなあ。取りかえっこもしたような。そういうの聞くと、川端さんをすごく身近に感じます」

なんて言ってしまい、失礼だったかもとあせる。

「あ、すみません、わたしなんかが……」

「蕗ちゃんにそう言われるとうれしいです。ふつうのことしか言えない僕でも、姉がふたりいてラッキーだったかな」

お姉さんたちのことを話題にした川端さんは、わたしたち姉妹のことを心配してくれているのだ。小野寺さんも、わたしたちが、リボンとカレーの思い出を共有できればいいと気遣ってくれていた。

周囲の人がさりげなく手を貸してくれるのは、笹ちゃんの人柄のなせる業だ。わたしの、かけがえのないお姉さんだ。

「川端さん、本当はお姉さんたちにすごくかわいがられてたでしょう？」

「そんな気はします」

「ふふ」

おそろい、はんぶんこ、姉妹ならではの言葉が、心地よくわたしの胸に響く。おそろいの髪型ではなかったけれど、リボンはおそろい。小野寺さんが描いた蕗の少女は、長い髪をひとつに結んでいる。あらためて眺めていたわたしは、ふたつの三つ編みをおさげにした自分の姿が思い浮かんだ。

小さいころは、ほとんどふたつに編んでいた。両方のおさげにリボンを結んでいたはずだ。でもあるときから、ひとつに結ぶようになった。それは……、リボンがひとつになったからだ。

「あ!」

リボンを片方、笹ちゃんにあげた。あのとき笹ちゃんが、すごく悲しそうだったからだ。

わたしはいくつだっただろう。どうして笹ちゃんは悲しそうだったのだろう。思い出そうとするほど、小さな笹ちゃんの姿が靄《もや》の向こうに遠ざかってしまう。本当にわたしがリボンをあげたのかどうかも、自信がなくなる。

これは記憶なのか、それともただの想像なのだろうか。

「どうしたの?」

急にぼんやりしてしまったわたしを、川端さんが覗き込んだ。

「リボンのこと、思い出せたかもしれません。でも……」

おそろいのリボンには、ちょっとだけ苦い思いがまとわりついている。

カレーのことは、わたしたちにとっていい思い出なのだろうか。急にわたしはわからなくなった。

＊

笹子は、買ったばかりのカレーパンを袋からそっと取り出す。揚げたてだからまだあたたかい。中に入っているとろとろのカレーは、きっとやけどしそうなくらい熱いだろう。

昨日、蕗子が買ったカレーパンだ。「お母さんのカレーパン」と店の前にはのぼりが立っていた。家でつくるカレーを意識したカレーパンであるようだ。

デパ地下のイートインスペースで、笹子はまず、カレーパンの匂いを確かめる。ひとりでカレーパンを食べようとしている女が、何やら執拗《しつよう》に匂いを嗅《か》いでいるのは滑稽《こっけい》だったかもしれないが、笹子には周囲のことなど視界にも入らない。

ふたつに割ってみる。昨日はあまり観察せずに食べていたが、一般的なカレーパンの具より黄色っぽい。カルダモン、シナモン、クローブにコリアンダー、スパイスの香りがほどよく混ざり合っている。味は甘口だが、こくがあってパンによく合う。蕗子を惹きつけたものは何だったのだろう。

笹子は、自分がつくった黄色いカレーのレシピを思い浮かべる。市販のルーではなく、カレー粉を使ったカレーは、給食のおばさんに教わった。小学校のころ、しょっちゅう給食室を覗いていた笹子は、そこで働いているおばさんたちと仲良くなっていた。大きな鍋《なべ》、大量に刻まれた野菜が料理されていくのは、見ているだけでわくわくした。

おばさんたちがつくる給食のカレーは黄色かった。おばさん、といってもたぶん年齢はまちまちだったのだろうけれど、子供のころは、カレーといえば黄色いカレーだったという人がいた。そのおばさんが、家でできる黄色いカレーの作り方を教えてくれたのだ。

小麦粉を炒《いた》め、カレー粉と合わせてルーをつくるところからはじめるので、少し手間がかかる。市販のルーがまだなかったころに普及したカレーだそうだ。それは、給食のカレーよりも、少しスパイスの効いた大人っぽい味だった。

蕗子が食べたかったのは、どんな黄色いカレーだったのだろう。

カレーパンを食べながら、かすかに感じる香りをつかまえようと追いかけながら、笹子は一生懸命考えていた。

食べ終えて、食品売り場を歩き回る。見つけて手に取ったのは、昔ながらのカレー粉が入った赤い缶だ。それから、カレーパンの中身とつながりそうな具材や調味料をいろいろと籠《かご》に入れて買い込む。

黄色いカレーのサンドイッチをつくったら、蕗子は何を思いながら食べるのだろう。あのころとは違い、彼女はもう、家族の事情を知っているし、結局、知ったからといって家族のあいだに築かれたものが変わることはなかった。でも、蕗子の中にある黄色いカレーの記憶を、笹子のつくるカレーで変えてしまってもいいのだろうか。

子供のころは、ただ蕗子をよろこばせたくて黄色いカレーをつくったけれど、今は少しためらってしまう。

妹だけれど、本当の妹じゃないから、迷ってしまうのだ。

笹子は、小さいときからずっと、妹がほしいと思っていた。だから、母の再婚と同時に妹ができたのはうれしかった。長い髪をふたつに結んでいた蕗子は、人見知りすることなくすぐに笹子になついた。はずむように笑い、動き回る活発な女の子で、蕗子がいるだけで笹子の周囲も不思議と明るくなったような気がしていた。

母とふたりだけの日々とは違う、にぎやかな家を笹子はすぐに好きになった。

でも、笹子は、両親が離婚したことも、再婚したことも理解していた。今の父とは血がつながっていないこともわかっていたから、それを友達には隠そうとした。人には知られたくないと思っていた。知られたら、今の家が笹子の家ではなくなるような気がしていたのだ。

黙っていれば、誰が見てもふつうの四人家族だ。ただ、笹子と蕗子は、子供のころから似ていない。本当の姉妹ではないのだから当然だが、何気なくそう言われるのは、笹子にとっては苦痛だった。

あるとき、公園で友達と遊んでいる蕗子を迎えに行ったことがある。そのとき、友達のお母さんが、笹子を見て言った。

あら、お姉さんなの？　本当に？　ちっとも似てないのね。

帰り道、笹子はしょんぼりしてしまっていた。蕗子は、そんな笹子を元気づけたいと思い、どうすればいいか一生懸命に考えたのだろう。

何か思いついたように急に立ち止まり、片方のおさげ髪からリボンをほどいた。

おそろいだよ。これでわたしのおねえちゃんだってすぐにわかるよね。

蕗子のお気に入りの、黄色いリボンだった。自分で自分の髪を編む蕗子は、首までの長さしかない笹子の髪を一房、細い三つ編みにしてリボンを結んだ。笹子は、蕗子の髪をひとつに束ね直した。そばにあった店のガラスに映った自分たちは、どこから見ても間違いなく、おそろいのリボンを結んだ姉妹だった。

笹子は気づけば笑っていた。蕗子はいつも、自然にその場を明るくすることができるのだ。

＊

「笹ちゃん、リボンのことだけど、もしかしたらわたしが片方あげたんじゃない？」

晩ご飯を食べながら、わたしはかすかに思い出したことを笹ちゃんに言う。

「おお、当たり。思い出したんだ？」

サーモンのバター焼き、ささみとキノコのマリネ、蒸し野菜には笹ちゃんがつくったオレンジドレッシング、今日は笹ちゃんの料理当番で、わたしが手伝ったのは蒸し野菜だ。

「思い出したっていうか、それだけひらめいたんだけど……。どうして、リボンをあげることになったの？」

「なーんだ、そこは思い出せないの」

笹ちゃんはちょっと残念そうだった。リボンを笹ちゃんがほしがるとは思えないから、わたしの思いつきだろうか。

「ねえ、降参ってあり？」

「もう？」

「だって、考えるほど、思い出したのか思いついたのかわかんなくなるもん」

「じゃあね、ヒント。蕗ちゃんはね、わたしたちが姉妹だってすぐにわかるように、おそろいにしようってリボンをくれたの」

「ホント？　わたし、そんなこと考えたんだ。……ていうか、それヒント？　答えじゃないの？」

「その黄色いリボン、蕗ちゃんはいつどこで買ってもらったんでしょう？」

「えー、そこまで思い出さなきゃダメ？　無理だよわたし、かなり小さいときからあのリボンをつけてたような気がするよ?」

「そうね、蕗ちゃんには思い出せないくらい小さいときから」

それは大きなヒントだった。

「もしかして、お父さんとお母さんが結婚する前から?」

笹ちゃんはブロッコリーを口に入れながら頷いた。

「新しいのを買ってもらっても、蕗ちゃんはあのリボンがいちばんのお気に入りで、あれだけ少し色あせて、くたびれてたけど捨てなかったの」

「……それじゃあ」

リボンを買ってくれたのは、わたしにはほとんど思い出せない実の母だ。本当のことを知ってから、父が写真をくれたけれど、その写真しか浮かばない。赤い口紅の、若い女の人だった。抱いている赤ちゃんがわたしだということだったが、赤ちゃんのわたしは、わたしが見てもわたしかどうかよくわからなかった。

ただ、その人は、黄色いワンピースを着ていた。赤ちゃんは、黄色い帽子をかぶっていた。好きな色だったのだろうか。だから、黄色いリボンをわたしに。

「形見、だったんだ」

「そんなだいじなものを、蕗ちゃんはわたしにくれたの」

そのとき笹ちゃんは、よろこんでくれたのだろうか。おそろいのリボンをつけた写真のわたしたちは、目を糸のようにして笑っていた。

「わたし、いつのまにかあれ、なくしちゃった。うわー、最悪」

頭を抱えていると、笹ちゃんは立ち上がり、キッチンの戸棚からドライフルーツの瓶を取りだしてテーブルへ戻ってくる。

「すり切れて、色もくすんで、ちょっとよごれちゃってるけど」

瓶の中には、色とりどりのリボンが入っている。笹ちゃんは、空き瓶や空き缶や、プレゼントのリボンを捨てずに取っておくくせがある。瓶のふたを開け、中から黄色いリボンを取り出す。

「返してあげる」

受け取って、わたしはしみじみと眺めた。なつかしい人に再会したような、じんわりあたたかいものがこみ上げてきて、両手でそっとリボンを包み込む。

「こんなにきたないリボンだった？」

「きたなかったよ。蕗ちゃんがくれたときからくたびれてたし」

わたしは、泣きそうになりながら笑う。

「うそだー、いちばんステキなリボンだったよ」

「記憶の中で美化してるのよ」

おそろいのもう片方は、よごれてヨレヨレになって、なくしてしまった。わたしときたら、忘れっぽいし能天気だし、思い出の品も何もない。でも、それだけ使ったなら、母も納得してくれているだろうか。

「わたしのは、蝶々になったのかな」

カバンの中から小野寺さんが描いた絵を取りだし、わたしは笹ちゃんに見せた。

「わあ、これ、笹と蕗？　わたしたちよね？」

笹ちゃんもうれしそうに見入る。笹と蕗と、手をつないだ小さな女の子たちと、二匹の黄色い蝶々をしみじみと眺め、やがて顔をあげて言った。

「蕗ちゃん、カレー、つくろうか？」

「黄色いカレー？　つくってくれるの？」

「それは、わたしにはつくれない。蕗ちゃんのお母さんのカレーだから」

お母さんの？　黄色いリボン、黄色いカレー、どちらも実の母とつながっていたのだろうか。

「だから蕗ちゃん、サンドイッチをつくろうと思うの。いっしょにつくろうよ」

わたしは母のことを何もおぼえていないのに、笹ちゃんがおぼえていた。わたしにとってとても貴重なものを、笹ちゃんが持っていてくれた。

もう一度リボンをそっと眺め、「うん、つくりたい」とわたしは答えた。

わたしも笹ちゃんも、お父さんもカレーが好きだったから、お母さんはよくカレーをつくってくれた。隠し味はチョコレート。だからか、焦げ茶色のカレーだった。チョコレートの入ったカレーが大好きだったたし、よそのカレーよりおいしいと思っていたわたしだが、あるとき、食卓で思い出したように、わたしが言ったのだという。

「お母さん、このごろ黄色いカレー、つくらないのね」

実の母がつくった黄色いカレー、わたしの頭の中には、それを食べた記憶がかすかに残っていたのだろう。そのうえ、黄色いカレーをつくったのは目の前にいるお母さんだと思い込んでいた。

でも、そんなふうに言ったことさえ、いつのまにか忘れ、母の黄色いカレーを食べたことも忘れた。

たまたま両親が、親戚の通夜でいなかった日、わたしは笹ちゃんと留守番をしていた。笹ちゃんは、夕ご飯もつくるとお母さんと約束した。日頃から、お母さんの帰りが遅い日は笹ちゃんがごはんをつくっていたし、両親は安心して出かけていった。

その日笹ちゃんは、わたしのために黄色いカレーをつくってくれたのだ。いつものカレーとは、香りも味も違う。はじめて食べるカレーだったけれど、おいしかったのはおぼえている。

笹ちゃんは、ずっと前にわたしが言った、黄色いカレーのことをおぼえていた。実の母親がいたころに食べたカレーだと気づき、つくってくれた。母のことをおぼえていないわたしだけれど、母のカレーだけでも忘れずにいられたらいいと思ってくれたのだ。

なのにもう、忘れていた。わたしにとって黄色いカレーは、笹ちゃんがつくったあのときのカレーしか記憶に残っていない。

「ううん、蕗ちゃんは、お母さんのカレーをおぼえてたよ。わたしのカレーははじめて食べる味だったけど、昨日のカレーパンは、好きな匂いだって言ったでしょう？あれは、蕗ちゃんのお母さんのカレーに似てたんだと思うの」

カレーパンが？　そうだったのだろうか。匂いに惹かれて買ってみて、家に帰って食べたとき、想像していた味だったような気がする。なんとなく、こんなカレーパンが食べたいと思っていた味にぴったり重なった。

「蕗ちゃんにとって、匂いから思い浮かんだ味と、昔食べた黄色いカレーの味とが近かったから、つい買っちゃったんじゃないかな」

「でもあのカレーパンは、黄色くなかったし、わりと辛口だったでしょう？」

小さいころに食べたのだから、もっとあまかったはずだ。

笹ちゃんは、フライパンに小麦粉を入れ、そこにラードもたっぷり入れる。

「カレーの色は、小麦粉の炒め具合で濃くも薄くもなるの。あとはまあ、スパイスの色や具の色にもよるんだけど、とりあえず、ターメリックの黄色が残るように、焦がさないようにね」

丁寧に小麦粉を炒めていく。ペースト状になったところへ、カレー粉を入れ、またしっかりと混ぜ合わせていく。

わたしは、タマネギとジャガイモ、ニンジンを刻む。定番のカレーの具だ。

「ねえ蕗ちゃん、わたしに遠慮してない？」

真剣な顔でルーをかきまぜながら、笹ちゃんは言った。わたしは、ジャガイモをむく手を止めた。

「ピクニック・バスケットを手伝ってもらうのも、ここで暮らすのも、わたしの提案だけど、蕗ちゃんは本当のところ、それでよかったのかなって」

「遠慮なんて……。ほかにしたいことがあるならそう言うよ」

「うん、子供のころの蕗ちゃんは、思ったことをずけずけ言う子だったけど」

「ずけずけ？　そりゃあ、大人になったんだから、言う前に少しは考えるけど」

「そっか、大人になったか」

遠慮してるつもりはなかった。でも、笹ちゃんがそう思うなら、そうかもしれない。

「勤め先が倒産して、働いて生活するのって大変だなってつくづく実感したから、お父さんやお母さんの苦労もわかる。わたしたちを姉妹にして、ふつうの家族と変わらない場所をつくってくれた。笹ちゃんも、本当の妹じゃないって知ってても、いつでもわたしを妹だと思ってくれてた」

タマネギが目に染みる。

「だから、子供っぽいわがままは言っちゃダメだと思ってたけど……」

「蕗ちゃんは、子供のころからべつにわがままじゃなかったよ」

「ううん、自覚はなかったけど、きっと自分勝手な妹だった。ごめん笹ちゃん。わたし、お母さんを取っちゃったのかなって、あれから気になってた。本当のこと知らなくて、好きなだけお母さんにあまえたり言いたい放題だったりしてたでしょ？　でも笹ちゃんは、自分で将来のこと決めて、高校を卒業したらすぐ家を出ていって、お父さんやお母さんにとって手がかからない子だった」

「あれは、ちゃんとお父さんとお母さんに相談してたよ。専門学校から短期留学もしたし、けっこう、わがまま言ってたんだから」

炒めたカレー粉の、スパイスのせいか、鼻の奥がつんと痛い。

「本当言うとわたしね、実の両親が離婚したあと、父に引き取られてたの。父はすぐに再婚して、継母《ままはは》ができたんだけど、うまくいかなくて、母と暮らすことになったんだ。だけど母も再婚することになって、すごく不安だった。みんな、わたしのことい らなくなるんじゃないかと思って」

まったく知らなかった。笹ちゃんはまだ幼い心を深く傷つけられ、おびえながらわたしたちと暮らしはじめたのだ。

「だけど、蕗ちゃんがいてよかった。蕗ちゃんがいたからこそ、家族になれたの。蕗ちゃんが、みんなのこと家族って信じ切ってて、屈託なく明るかったから、家の中もぎくしゃくしなかった。元気いっぱいの蕗ちゃんが、みんなを元気にしてた。お母さんも、連れ子が蕗ちゃんだったからすんなりお母さんになれたんだろうな。お父さんも、蕗ちゃんのお姉さんになったわたしのこと、違和感なく娘だと思ってくれてた」

本当に、わたしの能天気も役に立っていたのだろうか。

「笹ちゃんは、大人だね。わたしよりいつも、ちょっとずつ大人」

「そりゃお姉ちゃんだもん」

顔を見合わせて、わたしたちは笑った。

「ルーはこんな感じかな」

「あ、黄色い。それにいい香り」

「問題は、味のほう。蕗ちゃんのお母さんの、隠し味は……」

笹ちゃんは腕組みをした。母のカレーはどんな味だったのだろう。わたしにはもうよくわからない。でも、わたしが食べたいカレーならわかる。

「わたしが食べたいのは、笹ちゃんがあのときつくったカレーなの」

笹ちゃんの黄色いカレーが、わたしの思い出だ。
「じゃあ、あのときの隠し味も入れよう」
「あのとき何を入れたの？」
「バナナ！」

スープで煮込んだ野菜とルーを合わせ、ペースト状にして一晩寝かせる。翌朝わたしたちは、いつもより少し早くピクニック・バスケットに行き、朝の準備の合間に黄色いカレーのサンドイッチをつくった。

お母さんのカレーはビーフが入っていたけれど、わたしの実の母は、たぶんポークでつくったはずだと笹ちゃんは言う。炒めたポークをパンの上に並べ、カレーのペーストで和《あ》えたジャガイモとニンジンをのせる。その上には、飴色《あめいろ》に炒めたタマネギ。ふたつに切ると、断面に、ジャガイモに馴染んだ黄色いカレーの層が現れる。

わたしたちは店の外へ出て、テラスのベンチで試食することにした。

早朝、公園はうるさいほど蟬の声に染まっている。あたりが静かなだけに、蟬の声しか聞こえない。つい昨日まではこんなに鳴いていなかったはずだ。

「夏が来たね」

まだ涼しい時間だが、空に雲はない。この調子だと、今日はかなり暑くなることだろう。

わたしは、カレーサンドに鼻を近づける。カレーパンのときに感じたのと同じ匂いがするかどうかはわからなかったけれど、引き寄せられる匂いだった。

コゲが足元へ来て、ねだるようにわたしたちとカレーサンドを見ている。

「コゲちゃんは食べられないよ」

「この匂い、コゲちゃんにも惹かれるものがあるのかな。なんの匂いだろ？」

「カツオブシ」

「えっ、カツオブシ入れたの？」

「スープの出汁《だし》が和風なの。それに、甘みは白味噌《しろみそ》」

「そんなものまで？」

「デパ地下のカレーパンの店、〝お母さんのカレー〟で売ってたでしょ。黄色いカレーを家でつくってたころは、鶏《とり》ガラスープなんてなかなかつくれないし、カツオ出汁で代用してたんじゃないかな。それに、甘みがほしいときは味噌やみりん、お母さんたちは工夫してた。それが、なつかしい味につながってるって気がついたの」

「お母さんの味……、味噌汁の味かあ」

「たぶん蕗ちゃんのお母さんがつくったカレーも、和風の出汁だったはずよ」

コゲは笹ちゃんのひざに乗り、匂いを確かめるように首を伸ばしていたが、あきらめたのかそこでまるくなった。

わたしは大きく口を開け、カレーサンドにかぶりつく。スパイスの香りとともに、鼻の奥をくすぐるのは、昔から馴染んだあの香りなのだろうか。わたしの舌は隠し味を見極められるほど敏感ではないけれど、おいしい、好き、というのははっきりわかる。

わたしが食べたかった笹ちゃんの黄色いカレー、その中に、かすかに、母にまつわる唯一の記憶がまじっているような気がした。

エプロンに結んだ黄色いリボン、昨日笹ちゃんがくれたリボンが、やわらかな風にゆれる。

黄色いリボンをおそろいにしたとき、わたしたちは誰から見ても姉妹になった。笹ちゃんは、わたしの亡き母の娘にもなったのだろうか。わたしが、笹ちゃんのお母さんの娘になったように。

「あれ、なんかおいしそうなもん食べてるやん」

店の前を小野寺さんが通りかかる。道をそれて、テラスまで近づいてくると、わたしたちを交互に見た。

「試作品の試食中でーす」

「あ、小野寺さん、蕗ちゃんがもらった絵を見ましたよ。名前のことほめてもらえたみたいで、すっごくうれしいです」

「それはよかった。笹ちゃんにもよろこんでもらえたら描いた甲斐《かい》があったわ。お、それ、黄色いカレーのサンド？　蕗ちゃんもよかったな。仲直りしたんや？」

「べつにケンカしてたわけじゃないですから」

わたしはつい強がってしまう。子供っぽいが、小野寺さんはにんまり笑って受けとめてくれるから、気取らずにいられるみたいだ。

「蕗ちゃん、めっちゃしょんぼりしてたからなあ。元気になってよかったな」

テラスの手すりから身を乗り出し、こちらを見上げる小野寺さんは、コゲの金色の目と同じくらいきらきらしている。

「それうまい？　ぜったいうまいやんな。コゲ、おまえもおあずけかあ」

少年みたい、かと思うと猫みたいな小野寺さんが、不覚にもかわいく見えてしまう。

「店に出すときは教えてや。またあとで来るわ」

「はーい、お待ちしてます」

笹ちゃんがお辞儀をすると、小野寺さんは満面の笑みで手を振った。

「ねえ蕗ちゃん、カレーペースト、もう少しスパイシーにしてもいいのかも。お客さんは大人が多いし」

「そう？　わたしはバナナのあまさを強調してもいいかなと思ったんだけど。あと、パンの厚み、もう少しほしいかな」

「うーん、わたしはこのくらいが好みかなあ」

「もうちょっとだけ、だよ？」

「じゃあ、ま、そんな感じで調整しようか」

「うん、そんな感じで」

わたしたちは、昔からこうだ。意見が合わなくても、笹ちゃんがのんびりした調子ですり合わせて、いつのまにかおさまるところにおさまる。久しぶりに、笹ちゃんと昔みたいな会話をしたと思えたのは、やっぱりどこか遠慮していたからかもしれない。

「ねえ笹ちゃん、小野寺さんと川端さんだったら、どっちが好み？」

遠慮がなくなったついでに訊いてみる。笹ちゃんは意外そうにわたしを見る。

「なに言ってるの。川端さんは蕗ちゃんに興味があるじゃない」

わたしはびっくりして、サンドイッチにかぶりつこうとした口が、あんぐりと開いたままになってしまった。

「えっ、まさか。黙ってても女の子が寄ってくるような人だよ。一斤王子だよ！」

「そうねえ、なんとなくそう思ったんだけどね」

きっと笹ちゃんの思い違いだ。けれどドキドキする。

「蕗ちゃんは、どっちが好み？」

小野寺さんと川端さん？　真剣に悩みかけ、はっとしてわたしは頭を振った。

「わたしはね、笹ちゃんとピクニック・バスケットがいちばん好き」

どこかなつかしい味で、食べる人をほっとさせるステキなサンドイッチと、笹ちゃんのやさしさが詰まったお店が、わたしにとっても誇りだ。毎日、お客さんの笑顔が見られるのが楽しい。

今のところわたしには、それがいちばんでじゅうぶんだ。

「そっか。よし、開店準備だ！」

「今日もたくさん売れますように！」

わたしは、うるさい蟬に負けないように、空に向かって声を張り上げた。

本書は、二〇一九年五月に小社より刊行された
単行本を加筆修正のうえ、文庫化したものです。

めぐり逢《あ》いサンドイッチ

谷《たに》 瑞《みず》恵《え》

令和4年 1月25日　初版発行
令和5年 6月5日　5版発行

発行者●山下直久

発行●株式会社KADOKAWA
〒102-8177　東京都千代田区富士見2-13-3
電話　0570-002-301(ナビダイヤル)

角川文庫 23000

印刷所●株式会社KADOKAWA
製本所●株式会社KADOKAWA

表紙画●和田三造

●お問い合わせ
https://www.kadokawa.co.jp/（「お問い合わせ」へお進みください）
※内容によっては、お答えできない場合があります。
※サポートは日本国内のみとさせていただきます。
※Japanese text only

ISBN 978-4-04-112067-5　C0193

◆◇◇

角川文庫発刊に際して

角川源義

第二次世界大戦の敗北は、軍事力の敗北であった以上に、私たちの若い文化力の敗退であった。私たちの文化が戦争に対して如何に無力であり、単なるあだ花に過ぎなかったかを、私たちは身を以て体験し痛感した。西洋近代文化の摂取にとって、明治以後八十年の歳月は決して短かすぎたとは言えない。にもかかわらず、近代文化の伝統を確立し、自由な批判と柔軟な良識に富む文化層として自らを形成することに私たちは失敗して来た。そしてこれは、各層への文化の普及滲透を任務とする出版人の責任でもあった。

一九四五年以来、私たちは再び振出しに戻り、第一歩から踏み出すことを余儀なくされた。これは大きな不幸ではあるが、反面、これまでの混沌・未熟・歪曲の中にあった我が国の文化に秩序と確たる基礎を齎らすためには絶好の機会でもある。角川書店は、このような祖国の文化的危機にあたり、微力をも顧みず再建の礎石たるべき抱負と決意とをもって出発したが、ここに創立以来の念願を果すべく角川文庫を発刊する。これまで刊行されたあらゆる全集叢書文庫類の長所と短所とを検討し、古今東西の不朽の典籍を、良心的編集のもとに、廉価に、そして書架にふさわしい美本として、多くのひとびとに提供しようとする。しかし私たちは徒らに百科全書的な知識のジレッタントを作ることを目的とせず、あくまで祖国の文化に秩序と再建への道を示し、この文庫を角川書店の栄ある事業として、今後永久に継続発展せしめ、学芸と教養との殿堂として大成せんことを期したい。多くの読書子の愛情ある忠言と支持とによって、この希望と抱負とを完遂せしめられんことを願う。

一九四九年五月三日